13 KORTA BERÄTTELSER

Cathy McGough

Stratford Living Publishing

13 KORTA BERÄTTELSER

13 KORTA BERÄTTELSER

VAD LÄSARNA SÄGER...

D ANDELION VIN

USA

"Dandelion Vin är en feel good-novell, även om epilogen fick mig att känna mig lite ledsen över hur saker och ting förändras. Det var ganska trevligt att kort besöka en tid då saker och ting var annorlunda.

"En kort, söt berättelse om ett enkelt liv under en idyllisk sommardag."

DEN KLARASTE STJÄRNAN

"Kärleken sviker aldrig. Linda och Williams kärleksliv sammanfattas i denna korta berättelse. En berättelse om frustration och kamp samtidigt som man håller fast vid kärleken genom allt."

MARGARETS UPPENBARELSE

Kanada

"Jag började läsa denna novell inom några minuter efter att jag hade köpt den, och när jag väl hade börjat var jag tvungen att avsluta. Jag gillade verkligen den här berättelsen. Den är välskriven och man kunde inte låta bli att känna för huvudpersonen. Och överraskningen i slutet fick mig att tappa hakan."

DARRYL OCH JAG

USA

"Spöklikt. En kort bitterljuv berättelse om en kvinnas tragedi och hennes försök att hantera den under graviditeten."

STORBRITANNIEN

"Fantastisk berättelse. Utmärkta känslor. Jag kände verkligen för Cath och Darryl."

PARAPLYET OCH VINDEN

USA

"Sci-Fi när den är som mest modern och aktuell. Kort och bra läsning."

"Författaren spinner en fantasifull Sci-fi-historia som rör upp farlig vind, ett flygande paraply, en snurrande grön flaska och mycket mer. En kort berättelse med snabb action."

Indien

"Vilken spännande resa! Flödet är supersnabbt och skrivandet konsekvent och smidigt. På något sätt påminde den mig om Jerome K Jerome och Tre män i en båt."

STORBRITANNIEN

"De dåliga helgernas moder möter utomjordingen. Skriven med en torr humor, detta är en bizzarro berättelse med ett aliensque massivt grönt föremål, paraplyer och pistoler. Mycket fantasifull om än inte helt galen berättelse som kommer att fängsla dig till sista sidan. Full pott för kreativ fantasi, Cathy McGough. Kan få dig att skratta högt och spilla ditt kaffe."

ÖNSKAN OM DÖD

USA

"Jag läste den på en halvtimme igår kväll efter att jag gått och lagt mig. Jag tyckte synd om den här mannen som kände att hans liv var meningslöst. McGough leder läsaren till den yttersta gränsen, och även när han har gått bortom den punkt där det inte finns någon återvändo, har du ingen aning om hur saker och ting kommer att sluta. En fantastisk berättelse att läsa på lunchen eller kaffepausen."

"Jag gillade Cathy McGoughs kreativitet att producera en kort novell på 20 sidor med en stor livsförändrande upplevelse av en man som inte kunde hitta sitt livs syfte."

"Jag hade den här boken i min KIndle ett tag men när jag äntligen bestämde mig för att läsa den, lade jag inte ner den förrän jag var klar. Även om det är en mycket kort läsning, är handlingen och karaktärerna fullt utvecklade. Älskade den."

"Den läser som ett avsnitt av Tales from the Crypt eller Twilight Zone."

"Jag älskade den och när jag läste frågade jag VARFÖR? När jag fick reda på det blev jag förskräckt, den typen av saker är min värsta mardröm."

USA OCH STORBRITANNIEN

"Författaren använder skickligt karaktärens inre monolog för att avslöja hans liv och det beslut han kämpar med. Greppade mig ända till slutet. Denna skickligt berättade historia är en mycket underhållande läsning och jag rekommenderar den varmt."

Innehåll

Invigning	XIII
Förord	XV
DANDELION VIN	1
DEN KLARAST LYSANDE STJÄRNAN	19
MARGARETS UPPENBARELSE	27
PARAPLYET OCH VINDEN	47
DARRYL OCH JAG	97
DÖDSÖNSKAN	157
GOTT BYE	179
ENDAST TWENTY	189
PANDEMISK BOY	201
BESÖKARNA	207
HUSET	211

ETT MORD 229

UTAN MASK 235

Tack! 243

Om författaren 245

Även av 247

Invigning

FÖR DIANNE

Förord

Kära läsare,

Denna novellsamling innehåller sex av mina läsares favoriter och sju nya noveller som jag skrev under pandemin.

De säger "ut med det gamla och in med det nya", men jag tycker att vi ska titta på hela perspektivet.

Trevlig läsning!

Cathy

DANDELION VIN

Å RET VAR 1967 OCH sommaren var nästan slut när jag drog min skrangliga röda vagn längs en stenig återvändsgränd. Ljudet av mina vagnshjul var bekant för folk på vår rutt.

"Fin dag för en promenad", brukade jag säga.

"Det är det verkligen. Nu får du ha en bra dag", brukade de svara.

Om min vän Sandra och jag hade tur kunde de ge oss isvatten, cola eller lemonad. Även om vi inte bodde i närheten behandlades vi vänligt av de flesta. De flesta, men inte alla husägare.

"Var inte en plåga", sa pappa alltid till mig, och det var jag inte. Jag skötte alltid mina egna affärer. Jag var inte slarvig eller försökte dra till mig uppmärksamhet. Kunde jag hjälpa det om de gnisslande hjulen gnisslade?

Jag var en tjej med ett syfte, så det spelade ingen roll att mina armar värkte trots att jag önskade att de skulle växa snabbare. Det spelade ingen roll när vagnen välte i ett potthål eller när den rullade ner i diket.

Ändå tänkte jag på den galna kvinnan i ett av husen. Jag fruktade att gå förbi hennes hus ensam.

Vid andra besök skrek hon åt oss för att vi inte gjorde någonting. Eller svor åt oss. En gång skickade hon till och med ut sin hund, dreglande och skällande. Byrackan skyddade vägen som om den vore en del av hennes egendom. Jag kastade en blick upp på taket, där den gamla kanadensiska flaggan vajade i vinden. Vissa sa att hon vägrade att hissa den nya flaggan med det stora lönnlövet. Hon och hennes hund gav mig rysningar.

Min andhämtning blev allt snabbare när jag närmade mig det fruktade huset. Eftersom det var en återvändsgränd hade jag inget annat val än att passera. Jag stannade och tittade bakåt för att se om Sandra kom. Inga tecken på henne ännu.

Då kom jag ihåg att mormors lyckliga kaninfot låg i min ficka. Den gav mig mod. Jag drog i vagnen med båda armarna och skyndade vidare.

Jag visste att Old Lady Macguire var där. Jag behövde inte se henne. Jag kunde känna henne. I huset till vänster, bakom gardinerna. Hon gav mig onda ögat. Hon hatade barn, alla barn.

Några hus senare snubblade jag nästan över mitt skosnöre. Jag stod stadigt på vagnen innan jag satte mig på huk för att knyta det. När jag gjorde det tittade jag tillbaka över axeln och såg gardinerna rycka. Det spelade ingen roll nu. Jag var utom räckhåll för hennes onda öga.

"Vänta lite! Vänta!" Min väns röst hördes i takt med att hennes sandaler slog i den steniga vägen. Äntligen, min bästa vän klarade det. Sandra var alltid sen till allt.

Jag vände mig åt hennes håll och såg henne springa förbi Old Lady Macguires ställe. Hon var andfådd när hon kom fram till mig. Vi föll i varandras armar. Vi hade båda tagit oss förbi den gamla häxans boning.

"Det var på tiden!" sa jag lite otåligt när vi skildes åt.

"Förlåt, jag hade sysslor att göra och mamma var fast besluten att borsta ut mitt hår. Hon sa att jag var en skam för allmänheten!"

"Din klänning är söt", sa jag och lade märke till veck och rosetter som prydde de två framfickorna. Den var vacker och helt olämplig för att plocka frukt.

Sandra tog tag i sin halva av vagnshandtaget med ena handen och tryckte ner klänningens framsida med den andra. "Jag hatar rosa", sa hon.

Hennes hand bredvid min passade perfekt och vi kunde enkelt dra vagnen sida vid sida.

"Mamma fick mig att lova att stanna vid hörnbutiken på vägen hem och köpa en limpa bröd." Hon stoppade handen i fickan: "Hon gav mig 24 cent plus 5 cent så att vi kunde dela på en bananglass."

"Åh, det är något att se fram emot." Banan var vår favoritsmak.

Vi fortsatte att gå. En hund skällde någonstans bakom oss.

"För att få pengar till isglassarna var jag tvungen att ha på mig den här dumma klänningen."

"Den är inte dum", sa jag och ljög och önskade att jag hade en egen fin klänning som jag kunde ha på mig en dag som inte var en kyrkodag. Med två bröder, en syster och ytterligare en bebis på väg var det inte troligt att jag skulle få en ny klänning inom den närmaste tiden.

Sandra viskade: "Såg du henne?" Jag visste att hon menade gamla Lady Macguire. "Kände du hennes onda öga på dig idag?"

"Nej, för jag korsade mina fingrar och mina ögon." Jag ljög.

"Bra tänkt", sa hon och flyttade över det mesta av vikten på sin sida och frågade: "Ska jag ta över och dra ett tag?"

"Nä, du kanske smutsar ner din klänning." Sandra skrattade. "Det är roligare tillsammans", sa jag när vi promenerade förbi Mr Holiday's hus och sedan vidare förbi Mr och Mrs Otter's hus.

Nästan framme vid vår destination blev vi tysta. Som bästa vänner behövde vi inte prata hela tiden. Syftet med vår resa var gemensamt och beroende av Miss Virginia Martins *svarta vinbärsbuskar. Om det fanns gott om vinbär kunde hon låta oss ta en del. Om det var ont om vinbär hade vår resa varit förgäves.

"Det ska bli spännande att se hur mycket frukt det finns", sa jag.

"Jag har en känsla av att vi kommer att ha tur", sa Sandra.

Vi stannade och tittade på Miss Virginias hus. Trädgården var alltid obefläckad, det var som om vinden visste att den skulle blåsa bort skräp och löv så att de inte förstörde hennes vackra gräsmatta.

Sedan jag var en liten flicka har jag alltid letat efter vänliga ansikten i hus. Mamma sa att det var en vana som jag skulle växa ifrån med tiden.

Miss Virginias hus hade ett ovanligt men vänligt ansikte med två runda fönster högst upp. När persiennerna var neddragna halvvägs eller hela vägen såg de ut som ögonlock. Detta kännetecken var annorlunda än alla andra hus jag hade sett.

Mellan ögonen växte en näsa fram. En näsa gjord av tegelstenar. Skillnaden var att dessa tegelstenar stod upp, medan resten av tegelstenarna stod i sidled. Det gav mig kalla kårar eftersom det var som om byggaren visste att han gjorde en näsa bara för mig. Jag vet att det förmodligen låter dumt.

Sedan till munnen nedanför, som formades av dubbeldörrarna. Ett färgat glasfönster överst fick det att se ut som en rad tänder med tandställning.

Jag älskade att stå och titta på huset eftersom det också var en plats där naturen frodades. Jag skrattade när jag mindes hur murgrönan som växte vilt ibland fick det att se ut som om huset hade en mustasch eller ett skägg.

Jag märkte att Sandra nynnade på Penny Lane. Hon nynnade alltid när hon hade tråkigt. The Beatles var okej, men jag föredrog The Stones.

Sandra borstade det blonda håret från ansiktet, medan flugorna surrade runt henne som om hennes svett var en inbjudan till att svärma.

Jag släppte taget om vagnen och ställde mig på tå för att se över staketet. Jag hoppades att jag var tillräckligt lång den här gången, men det gick inte. Sandra gjorde ett försök eftersom hon var lite längre, men hon kunde inte heller se över. Jag höll vagnen stadigt medan Sandra klev in och försökte se över, men inte ens det hjälpte.

"Jag tror att det är bäst att vi går upp och frågar", sa Sandra.

"Det låter bra."

Vi drog in vagnen på Miss Virginias gräsmatta och parkerade den, sedan promenerade vi uppför den långa uppfarten som var kantad av blommor. Solrosorna nickade och bugade sig för oss som om vi vore kungligheter som passerade bland dem. Några maskrosor kämpade i sin kusins skugga.

"Minns du när pappa lät oss smaka på maskrosvinet han gjorde?"

"Det var det hemskaste jag någonsin har smakat", sa Sandra.

"Jag vet, men du skulle ändå inte ha spottat ut det." Vi skrattade när vi mindes vinet som stänkte över pappas skjorta. "Pappa tyckte att du var väldigt oförskämd."

"Det var inte meningen att vara det." Hon tittade på sina fötter. "Vet du vad? Vi kan be om solrosor och sälja dem."

"De är vackra, men låt oss hålla oss till planen. Fru Smith sa att hon skulle betala oss två fjärdedelar (femtio cent) för så många svarta vinbär som vi kan bära, så vi har redan en köpare. Vi känner inte till någon som vill ha solrosor."

"Jag tänkte bara att någon kanske vill ha fröna. Men okej."

Jag kastade en blick på min vän och valde att inte säga något mer om saken.

Längst ner i trappan samlade vi våra tankar. Av erfarenhet visste vi att det inte var vad vi sa, utan hur vi sa det, som spelade roll.

Förra gången misslyckades vi kapitalt. Miss Virginia sa att de svarta vinbären inte var klara än. Hon sa att hon såg fram emot att skapa några nya recept till The Annual Fall Fair.

Miss Virginia var känd i vårt county och hade vunnit flera guldmedaljer för recept med anknytning till svarta vinbär. Hon hade ofta sin bild i lokaltidningen, ibland till och med på framsidan.

Så att behålla frukten för sig själv var hennes rättighet, men att dela med sig var vad världen handlade om. Vi hoppades kunna övertyga henne om att ge oss en del av de svarta vinbären.

Vid det besöket måste besvikelsen ha synts i våra ansikten, för Miss Virginia bjöd in oss att hjälpa henne plocka äpplen och päron istället. Hon erbjöd sig att betala oss tio cent var, men det räckte inte för att vi skulle få det vi ville ha. Vi tackade henne för hennes vänliga och generösa erbjudande men avböjde.

"Tänk om hon säger nej?" frågade Sandra och såg mig i ögonen.

Jag sträckte ut handen och rörde vid min väns långa blonda lockar, och gav sedan strängen ett litet ryck. "Kom igen, låt oss ta reda på det."

Sandra började springa, men jag hann ifatt henne i tid och mumlade orden "DECORUM", varpå Sandra svarade: "Va?" "Sakta ner", viskade jag. "Kom ihåg att vi är unga damer."

Vi fnissade. Sandra slätade till framsidan av sin klänning igen.

Jag tog upp händerna ur fickorna och sträckte mig efter dörrknoppen. Innan jag ens hann röra vid den slängde Miss Virginia upp dörren. Hon log, inte bara med munnen utan även med ögonen. Hon var glad att se oss, det var ett gott tecken.

"Vem har vi här denna fina morgon?" frågade hon och visste mycket väl vem hon hade där eftersom Sandra och jag hade kommit tillbaka hela sommaren. Vi hade klättrat upp på hennes veranda mer än ett dussin gånger och frågat efter de svarta vinbären.

"Det är vi, jag och Sandra", sa jag och vi två nigerade. Det var vårt bästa försök att niga, även om den riktiga drottningen av England kanske inte hade tyckt det. Miss Virginia applåderade.

"Jaha, jaha", sa Miss Virginia och tittade upp och ner på oss. Sandra i sin vackra rosa klänning och jag i min overall. "Visst ser ni två..." Hon tvekade. "Ni flickor påminner mig om..." Hon pausade, hennes ord och ansiktsuttryck var nu frusna. Hennes ögon blev ledsna, men bara för en sekund. Hon log. "Ni två ser ut som en tavla, jag skulle faktiskt vilja ta en bild om ni inte har något emot det?"

Hennes förändring från glad till ledsen och tillbaka till glad igen gjorde att jag fick ont i magen. Jag tittade på Sandra och vi kom överens. Miss Virginia bjöd in oss att vänta medan hon gjorde i ordning kameran. I det andra rummet kunde vi höra hur hon öppnade och stängde lådor.

"Jag är orolig för vagnen", viskade Sandra.

Jag backade upp och tittade ut genom fönstret. "Allt är bra." Efter det höll jag ett öga på vagnen eftersom jag inte ville att den skulle försvinna igen.

Som den gången när vi gick in för att dricka ett glas lemonad. När vi kom ut igen var den borta. Vi gick och gick och försökte hitta den, men det fanns inga tecken på vagnen.

Sandra och jag gick hem. Jag var fruktansvärt upprörd och grät som en bebis. Vagnen betydde mycket för mig, med sina gnisslande hjul och allt. Den hade varit en julklapp från mina morföräldrar.

Våra föräldrar och vänner letade tills gatubelysningen tändes. Nästa dag satte vi in en annons i hittegodsboken. Den hade hittats utanför skogsområdet, vält på en bondes åker.

Vi, Sandra och jag visste vem som hade lagt den där. Naturligtvis var det Old Lady Macguire, men vi hade inga bevis. Pappa sa att man aldrig skulle anklaga någon för något utan bevis, men vi hade sett henne titta på oss med sitt onda öga.

Just då kom Miss Virginia tillbaka med en Kodak Instamatic. Jag hade sett en annons för den i pappas exemplar av Life Magazine. 104:an var en riktig höjdare.

"Samlas här nu flickor."

"Skulle inte ljuset vara bättre ute?" frågade jag.

Hon log och öppnade ytterdörren.

Vi väntade på verandan och försökte att inte röra oss för mycket medan Miss Virginia bestämde var hon ville att vi skulle stå för att få det bästa ljuset.

Jag lutade mig mot verandaväggen och försökte få en skymt av de svarta vinbärsbuskarna, men det hjälpte inte.

"Hmmm", sa Miss Virginia, "varför går vi inte in i trädgården? Med allt som blommar kan vi ta några underbara bilder."

Sandra och jag flinade.

Vi gick nerför trappan. Sandra nådde botten i ett snabbt språng till mitt stora förakt. Miss Virginia verkade inte bry sig. Vi promenerade bakom henne och tog in varje ord. "Här växer persiljan, och här är mina tomater. Oj, vad höga de har blivit i år. Inget går upp mot färsk tomatsås. Och här borta är mitt maskrosland. Jag använder dem för att göra maskrosvin."

Sandra flämtade till och gjorde en grimas.

Miss Virginia verkade inte märka det. "Och här är min svarta vinbärsplanta, men det vet ni ju redan."

Jag försökte att inte se alltför upphetsad ut och kastade en blick tillbaka över axeln på vagnen för att bedöma hur mycket vi kunde bära på en resa. Jag önskade att jag hade tagit med den till trädgården.

Jag kände Sandras arm mot min. Jag märkte att hennes mun hängde vidöppen medan hon stirrade på vinbären. Hon såg ut som en hund som väntar på sin middag.

"Jag skulle stänga den unga dam", utbrast Miss Virginia, "Om du inte vill fånga några flugor."

Sandra dolde sin mun bakom handen.

Miss Virginia skrattade nästan fnissande när vi tittade på de svarta vinbärsbuskarna som stod i full blom. Frukten hängde där, redo att plockas. Massor och åter massor av vinbär. Vi var så uppspelta att vi skrek till.

"Först bilderna", påminde Miss Virginia oss. Miss Virginia försökte hitta bästa möjliga vinkel med tanke på att träden sträckte ut sig i solljuset och skapade skuggor.

Jag insåg att med så många vinbär redo att plockas skulle Miss Virginia behöva vår hjälp och hon skulle behöva erbjuda oss mer pengar än hon gjorde när hon bad oss att plocka äpplen och päron. Med äpplen och päron var vi begränsade till vad vi kunde nå. Med de svarta vinbärsbuskarna kunde vi gå runt och plocka varenda vinbär.

"Får vi plocka några nu?" frågade Sandra.

Jag skakade på huvudet och hoppades att hon inte hade sumpat våra chanser.

"Jag skulle vilja ha ett foto med svarta vinbärsbuskarna bakom er. Var försiktiga nu, krossa dem inte eller slå av frukten och ät för guds skull inte några innan fotot, annars kommer era händer och munnar att bli fläckiga. Åh, jag kom just ihåg. Nu kan ni flickor vänta här medan jag går in en stund."

Ensamma, placerade mitt framför vinbären, var det som om de ropade våra namn. Vi rörde på oss. Väntade. Försökte att inte lyssna på de viskande svarta vinbärsbuskarna. De bjöd oss att plocka en. Att få smaka.

"Det här är helt galet", sa Sandra. Hon öppnade och stängde sina nävar. Vände sig om och mötte de svarta vinbärsbuskarna.

Jag vände mig också om. "Jag håller med. Men om vi väntar på de svarta vinbären kommer vi att tjäna tillräckligt med pengar på att sälja dem på en eftermiddag."

"Just det", sa Sandra och tittade på fruktklasarna. "Men jag måste ha en"

"Gör inte det", sa jag.

"Men hon kommer aldrig att få veta!"

"Okej, vi plockar ett bär."

"Men de är så små."

Sandra plockade ett och det gjorde jag också. Jag stoppade det i munnen och den söta och syrliga smaken fick mig att vilja ha ett till. Och ett till. Vi tog en handfull och slängde dem i munnen. Vinbärssaften täckte min tunga.

Miss Virginia återvände till trädgården.

Vi måste ha varit en riktig syn. Sandra med saften i ansiktet och på klänningen. Jag gömde händerna i fickorna.

Miss Virginia blev inte arg på oss. Istället sa hon: "Åh, titta på din vackra klänning." Hon skakade på huvudet. Hon gick iväg. "Det var allt för idag flickor. Nu kan ni två gå hem."

"Men fröken Virginia. Hur var det med de svarta vinbären?"

"Ja," sa Sandra, "vi är ledsna att vi inte väntade men de ropade på oss."

Miss Virginia skrattade. "Jag minns när de ropade på mig och mina systrar."

Hon blev alldeles ledsen igen och min mage gjorde den där lustiga saken. "Hur blir det med bilderna?"

Miss Virginia bad oss att inta våra platser och sa sedan: "Säg ost." Efter några bilder frågade hon: "Varför är ni två så intresserade av mina svarta vinbär?"

Sandra viskade i mitt öra och vi kom överens om att berätta allt för henne.

"Miss Virginia, vi vill tjäna tillräckligt med pengar för att byta vänskapsarmband. Vi såg dem på marknaden och de kostade en fjärdedel styck", sa Sandra.

"Damen på marknaden gör dem själv. Hon sa att vi kunde göra en vänskapsceremoni och sedan skulle vi vara bästa vänner för livet."

Miss Virginia sa först ingenting. Istället gick hon ut genom grinden och vi följde efter. Hon stannade och rörde vid solrosornas ansikten, som om blommorna var gamla vänner. Hon verkade försjunken i tankar.

Jag undrade om vi bad om för mycket och erbjöd för lite i gengäld.

"Kom med mig", sa Miss Virginia när hon började plocka maskrosor. När hennes armar var fulla gav hon några till Sandra, som plockade fler och gav dem till mig. Hon var fortfarande inte klar, så hon plockade fler och höll dem framme i sin klänning. Hon satte sig ner och gjorde en hög av dem hon hade samlat. Hon bad oss att kombinera våra blommor med hennes. Vi satte oss också ner, Sandra på ena sidan och jag på den andra.

Miss Virginia plockade upp en blomma, sedan en till. Vi såg på när hon stack in nageln i stjälken och lät maskrosens mjölk flöda. Trots att hennes fingrar blev klibbiga fortsatte hon att trä ihop dem till en sträng av maskrosor. Hon avslutade ett snöre och började sedan på ett nytt.

"Ser du den här mjölkiga substansen?" frågade Miss Virginia. Vi nickade. "Vad tror ni att det är?"

"Är det blod?" frågade Sandra.

Jag undrade också, men ville inte säga det eftersom jag aldrig hade hört talas om vitt blod förut. Jag vågade inte gissa utan ryckte på axlarna.

"Har ni tjejer hört talas om latex?"

Vi skakade på huvudet.

"De använder det för att göra gummi."

"Menar du som min indiska gummiboll?"

"Den studsar jättehögt!" sa Sandra.

"Ja, flickor, ni har rätt. Det är därför den är så klibbig." Hon fortsatte att sätta ihop blommorna. "Vi brukade göra sådana här, jag och mina systrar när vi var i din ålder."

"Vad hände med dem, jag menar dina systrar?" frågade Sandra.

"De är i himlen", sa hon och började på ett tredje blomsterband.

"De är åtminstone tillsammans."

Miss Virginia klappade min hand. "Du är väldigt mogen för din ålder, eller hur? Sa du att du precis fyllt sju?"

"Ja, det gjorde jag."

"Och du Sandra?"

"Jag är också sju."

Miss Virginia stirrade upp mot himlen och under några ögonblick såg vi molnen segla över oss.

"Det där ser ut som en björn", sa jag och pekade uppåt.

"Och det där ser ut som en stor klump av ingenting", sa Sandra.

Vi skrattade. Miss Virginia hade ett härligt skratt. "Vem är först?" frågade hon, och eftersom jag var närmast henne tog hon min arm. Hon lade blomstersträngen runt min handled och slöt cirkeln: det var ett armband. Hon gjorde samma sak på Sandras handled och slöt sedan den tredje cirkeln runt sin egen.

"Ah", sa Miss Virginia och märkte att hon hade en hel del maskrosor kvar. Hon började sätta ihop dem tills hon inte hade några kvar. Hon ställde sig upp. Vi reste oss också.

Miss Virginia placerade blomstersträngen på Sandras huvud. "Det kallas för en krans", sa hon. "Vill du också ha en?"

"Nej, tack", sa jag.

"Kan jag göra ett fint halsband åt dig?"

Jag tittade på mina fötter. "Jag skulle inte vilja använda alla maskrosor. Du behöver dem till vinet."

Sandra korsade ögonen och stack ut tungan.

Miss Virginia brydde sig inte om Sandras ansiktsdragning.

"Åh, det är inga problem alls", sa Miss Virginia, "jag har fortfarande några kvar från förra året", och hon började plocka. Vi anslöt oss och när vi tre arbetade tillsammans hade jag snart en vacker solig halsringning. När jag snurrade snurrade den också.

Sandra och jag var nöjda med våra prydnader och hade ingen brådska att ge oss av utan ägnade eftermiddagen åt att rensa ogräs och städa upp i trädgården.

När det nästan var dags för middag sa vi att vi var tvungna att gå.

"Vänta här ett ögonblick", sa Miss Virginia. Hon kom tillbaka med en tvättlapp, en skål full med vatten och sin plånbok. "Får jag?

När Sandra nickade doppade Miss Virginia trasan i vattnet och lyfte bort fläcken från Sandras klänning. "Den torkar medan du går hem." Hon använde tvättlappen på våra händer och i våra ansikten.

"Tack," sa vi.

"Åh, och en sak till", hon tog fram sin plånbok och gav oss två 25-centare.

Vi kunde köpa vänskapsarmbanden trots allt!

Utan tvekan eller överläggning tackade vi tacksamt nej.

Miss Virginia verkade inte bry sig. "Vi ses nästa år", sa hon innan hon stängde ytterdörren.

Vi drog den tomma vagnen längs den skumpiga vägen och höll försiktigt i handtaget för att inte skada våra armband.

"Kanske nästa år?" frågade Sandra.

"Ja, kanske nästa år", svarade jag. "Nu går vi och hämtar den där limpan med bröd."

Sandra stoppade handen i fickan. Skramlade med växelpengarna. "Glöm inte banan-isglassarna."

När vi kom fram till affären släppte vi handtaget och rusade in utan en tanke på den gamla damen Macguire.

EPILOG

Fyrtiosju år senare återvände jag till den här gatan med min tonårige son och som ni kan föreställa er hade mycket förändrats. En del till det bättre och andra inte.

Gatan var inte längre en återvändsgränd. Den var helt asfalterad och breddad så att det inte längre fanns några diken. De flesta husen hade byggts om med trä- och aluminiumfasader. Några hade fått parabolantenner.

Nu när gatan var öppen fylldes utrymmet av en ny väg, massor av hus, ett mobiltorn och en vattenkraftsanläggning.

Miss Virginias hus har rivits och gjorts om till bostäder. Trädgården på baksidan har asfalterats till en parkeringsplats.

Gamla Lady Macguires hus ser i stort sett likadant ut, även om gardinerna har ersatts med California Shutters.

Sandra och jag gick skilda vägar när hennes familj flyttade norrut. Hon återvände hem 1975 och vi gick och såg filmen Hajen. Efter det tappade vi kontakten.

Min röda vagn gick i arv till mina bröder och systrar och sedan vidare till mina kusiner. Om den kunde tala skulle den ha många underbara historier att berätta.

Bara att nämna svarta vinbär tar mig fortfarande tillbaka till sommaren 1967.

DEN KLARAST LYSANDE STJÄRNAN

Det var sent på kvällen och ett ungt par stod under den fria natthimlens täcke. Bakom dem fanns en mur av doftande vintergröna växter som skyddade gränserna.

Under fullmånen höll William och Linda varandra i handen, trots att deras ögon och själar var uppslukade av stjärnorna.

Midnattshimlen sträckte ut sina armar brett över dem. I den mörka nattens omfamning dansade de långsamt till Northern Mockingbirds utvalda repertoar, medan stjärnor och eldflugor tävlade om uppmärksamheten.

Paret kände sig som de enda två levande varelserna kvar på jorden. Tillsammans befann de sig i världens utkant, iakttagande och lyssnande, gifta med himlen och, när härmsångaren flög iväg, med tystnadens stimulerande ljud.

Tills en ensam stjärna flammade upp, precis där framför dem och drog uppmärksamheten till sig. Ett stjärnfall. Den föll. Bränner en bana över himlen. Fräsande, inuti en osynlig elektrisk ström, snabbare, fallande.

"Hörde du det där?" frågade William.

"Ja, det lät som änglar som klappade sina vingar", svarade Linda.

De såg hur den avancerade, ändrade kurs och sedan försvann bakom ett moln. Upplevelsen av att se det, att dela det, fick paret att känna att de var en del av något större än sig själva, något utomjordiskt.

Vi är alla födda ur stjärnstoft. Sammankopplade för alltid, både de levande och de döda.

När stjärnan inte längre syntes satt paret ner tillsammans och väntade på att något annat skulle hända. Ingen av dem talade, för de höll kvar minnet, blandade känslor och förnimmelser. De inramade ögonblicket i sina sinnen för alltid.

Linda och William visste en sak säkert, naturen var nyckeln. På dagar när allt verkade omöjligt, när livet inte gick att leva - helade en andlig koppling till elementen dem. Gav dem hopp och lyfte deras hjärtan, sinnen och kroppar.

"Har du önskat dig något?" frågade Linda medan en flock kanadagäss tutade sig fram över himlen.

"Nej, jag har redan fått dig", svarade William och tog Linda i sina armar. Det unga paret fortsatte att blicka mot himlen tills gässen inte längre syntes eller hördes.

Linda och William hade gått igenom så mycket tillsammans och ändå var den andre tillräcklig för var och en.

"Vet du, jag skulle kunna sitta här för evigt med dig William och låta världen gå förbi. Det känns inte som om jag missar något, och jag gillar när världen är tyst och det nästan är som om du och jag är strandsatta på en egen ö."

William kramade henne allt närmare och Linda satt nu bekvämt i hans knä.

När de höll varandra i händerna hördes en siren på avstånd. Det bröt in i deras lilla värld för ett ögonblick tills William med viskande röst började recitera sin favoritdikt av Walt Whitman:

"När jag hörde den lärde astronomen,När bevisen, siffrorna, radades upp i kolumner framför mig,När jag visades diagrammen och tabellerna, för att addera, dela och mäta dem,När jag rörd hörde astronomen där han föreläste med mycket applåder i föreläsningssalenHur snart blev jag oförklarligt trött och sjuktills jag steg upp och gled ut och vandrade ensam i den mystiska fuktiga nattluften, och från tid till annan,såg upp i perfekt tystnad på stjärnorna." *

En siren tjöt i fjärran och bröt ögonblicket. Följt av en annan och en tredje. Ekona slet sig igenom lugnet, men bara för en flyktig stund, precis som stjärnan hade gjort. En skrikande, en brinnande. Båda behövde ta sig någonstans - snabbt. Det första var ett fult, hårt ljud, ett ljud som signalerade fara och kaos. En medmänniska behövde hjälp, omedelbart. Den andra, en stjärna, vackra änglavingar som flaxar, dör. Slut.

Så är livet och så är döden. Vi slutar alla på samma sätt, oavsett hur mycket vi skriker eller hur hårt vi försöker få oss själva att sticka ut, att vara till nytta.

Paret satt kvar, helt försjunkna i ögonblicket. De delade varje andetag medan natten bredde ut sig runt omkring dem. Syrsorna kvittrade och myggorna surrade. Träden stönar och uttrycker sin indignation över att vinden väcker dem i förtid.

Linda mindes dagen då hon träffade William för första gången. In gick i high school och de var sexton år gamla. Linda var den nya killen, från en militärfamilj som flyttade runt hela tiden. Ändå hade hon aldrig problem med att passa in eller få vänner eftersom hon var söt och vacker och folk drogs till henne. Första dagen hon såg William på fotbollsplanen visste hon att han var den rätte för henne. Han tittade åt hennes håll, log och någon gång senare bjöd han ut henne. Ganska snart var de ett par, High School Sweethearts. De var ämnade att vara tillsammans för alltid.

William var enda barnet och hans första kärlek var sport. Han hoppades på att få en gratis resa till ett av de bästa universiteten med ett fotbollsstipendium efter examen. När han inte tränade spelade han. Han var ingen akademiker, långt därifrån, men han beundrade krävande arbete och han var en utmärkt människokännare. En dag fick han syn på Linda som kämpade med att öppna låset på sitt skåp. Han erbjöd sig att hjälpa till, men det öppnades i samma ögonblick som han frågade. Efter den dagen ville han bjuda ut henne, men han gjorde det inte förrän den dag då de utbytte blickar ute på fotbollsplanen. När hon log mot honom visste han att hon var den rätta.

Tyvärr ledde deras karriärer dem åt olika håll. Det blev ett tårfyllt farväl för dem båda. Båda lovade att komma hem varje helg och att hålla kontakten varje dag. Till en början skickade de sms och ringde dagligen, sedan blev det varannan dag och sedan varje vecka. Det var dock okej, eftersom de fortfarande kom hem varje helg för att träffa varandra och vara tillsammans. Att dra sig isär och komma samman igen gjorde dem starkare och mer sammansvetsade.

Sedan hände något, men ingen av dem visste säkert vad det var. Kanske var de för upptagna, eller så blev det den nya normen att vara ifrån varandra.

De längtade efter varandras sällskap men kunde inte få det, så de började träffa andra människor. De kom överens om att träffa andra människor, att testa vattnet, så att säga.

William dejtade en eller två gånger, men oavsett vem han träffade kunde han bara tänka på Linda. Han undrade vad hon gjorde och vem hon var tillsammans med. Han försökte att inte bry sig när folk pratade om henne eller såg henne på en dejt, men han brydde sig - han älskade henne - hon var allt för honom - men om hon var lycklig var han man nog att ta ett steg tillbaka och ge henne tid att ta reda på vad han redan visste.

Linda dejtade också, hon var en snygging och hon var smart. Hon försökte förtränga William och tankarna på honom. Hon försökte allt, dejtade killar som var annorlunda än William, men det var alltid något som saknades. När hon hörde att han träffade andra kvinnor stack hon ut hakan och sa: "Om han kan göra det så kan jag göra det." En av hennes vänner, som i hemlighet ville ha William för sig själv, avvisade henne och Linda fortsatte att träffa en kille som hon visste inte var något för henne. Faktum är att ingen av killarna kunde leva upp till William eftersom hon älskade honom och bara honom. Hennes hjärta kunde inte älska någon annan.

Sedan gick hon hem, och William var också hemma, och de sprang till varandra precis som skådespelarna gjorde i filmerna och svor att när de hade tagit studenten skulle de aldrig vara ifrån varandra igen. Och så blev det.

Femton år senare, fortfarande gifta. Fortfarande tillsammans.

Även när de förlorade sina jobb. Att arbeta på samma företag hade sina fördelar, men inte när ekonomin gick dåligt och det var sist in först ut som gällde. Linda blev uppsagd först och hon försökte hitta ett nytt jobb, men med barnet på väg bestämde de sig för att stanna på samma företag, William skulle arbeta heltid och ha full sjukförsäkring och Linda skulle stanna hemma tills deras son var tillräckligt gammal för att gå på dagis (som företaget hade på plats.)

Istället för att ekonomin blev bättre blev den sämre och snart var William också arbetslös. Båda tog ströjobb, var och när de än kunde, och delade upp omsorgen om sin son eftersom det skulle bli för dyrt att anlita en barnvakt och de behövde varje öre för att kunna fortsätta betala sina lån.

När det inte fanns några jobb att hitta förlorade de sitt hem. De hade lånat upp över öronen, precis som alla sina vänner, och sedan blev de hemlösa. De bodde i sin bil i några månader, tills fordringsägarna spårade upp dem och beslagtog även den.

De höll ihop, starka. Klamrade sig fast vid varandra.

När de förlorade sin son sattes allt på prov. Ingen sjukförsäkring, inget hem, ingen adress. Ett virus, influensa, lunginflammation och en natt var han borta.

Att förlora honom drev dem nästan över kanten. De vacklade och vacklade, medan förtvivlans vågor drog ner dem och flaskor med självmedicinerande alkohol drog upp dem för några ögonblick för att sedan kasta ner dem i rännstenen och nästan slita dem i stycken. Nu hade de bara minnen av sin pojke och ett foto inramat i en plastficka i mitten av en kudde som de bar i en ryggsäck med ombyteskläder, toalettartiklar och en rulle toalettpapper.

Sedan upptäckte de en koppling till sin son genom naturen. De vandrade, högre och högre, och kände hans närvaro i förhållande till himlen. De behövde ingen näring, men när de gjorde det hittade de något i naturen. De badade i bäckar, åt äpplen och vilda bär. Maskrosor och vild sparris. Fiedelhuvuden och salladslök. Vattenkrasse och nordligt vildris. Alla delikatesser som de kunde hitta och tillaga utan att ha något till hands. Och vatten, de drack morgondaggen från trädens blad och när det regnade öppnade de sina munnar mot himlen och drack sig mätta.

Och de hittade den här platsen, högt ovanför stadens ljus. Långt från frestelser och ljudföroreningar. Omgiven av natur där de kunde vara helt tillsammans. På en plats där de inte behövde gömma sig från smärtan, där naturen absorberade den åt dem, i dem.

Där enkelheten hos en nedåtgående stjärna kunde fängsla dem och föra deras son tillbaka till dem på ett ögonblick, i en nattstjärnas död.

"Det är bäst att vi sover lite, det är en stor dag i morgon", sa William när han sträckte ut armarna och gäspade.

"Men jag vill inte att det här ska ta slut."

En kanin hoppade över gräset och stannade då och då för att sniffa på luften. Deras magar knorrade, men ingen av dem var villig att ta ett liv för att få mat.

Linda stoppade ner handen i ryggsäcken och drog ut kudden. Hon kysste sin sons foto och William gjorde detsamma.

William kände på en plats för sig själv och sedan en plats för Linda.

Linda fluffade till kudden. Hon placerade den på marken där hon vilade kinden mot sin sons foto. William gjorde detsamma.

De låg tätt intill varandra, som två skedar.

Eftersom William satt längst bak vecklade han försiktigt ut tidningssidorna. En vindpust svepte in över dem och gjorde sin närvaro känd. William höll tidningarna nära sitt bröst och skyddade dem som om de vore mer värdefulla än guld.

När luften var lugn igen täckte William Linda med den första och andra sidan och tog sedan över den tredje och fjärde sidan.

De gosade sig närmare varandra. Så nära som två människor någonsin kan vara.

"God natt, älskling", sa han.

"God natt, älskling", svarade hon.

*När jag hörde den lärde astronomen av Walt Whitman 1865

MARGARETS UPPENBARELSE

D ET VAR VÅR I luften. Ändå kunde Margaret inte ta sig ur sin depression.

När känslorna överväldigade henne kramade Margaret sig själv eftersom ingen annan erbjöd sig att göra det. Hennes vänner sa att hon tog sig i kragen. Hon borde säga ifrån. Be om, inte kräva vad hon behövde. De sa att hon inte skulle förvänta sig att hennes man hade E.S.P.

I sådana stunder rullade Margaret ihop sig till en imaginär lurvig boll, som en björnmamma. Sedan sträckte hon på sig och gäspade, som om hon vaknade ur en lång vinters dvala.

Ta en drink till, brukade de säga, som om det skulle bli bättre av att bli full.

Margaret längtade efter en ny början. En säsongsbetonad pånyttfödelse, en där hon kunde återknyta kontakten med själva kärnan i sig själv igen.

***

Klockan 5 på morgonen i en förort till Toronto West nära Lake Ontario hade fåglarna återvänt från sina vintersemestrar. Några få stannade kvar under hela året - dessa betraktade hon som sina vänner i alla väder. De hade redan skövlat hucklebärsbusken. För att locka tillbaka dem fyllde Margaret matarna med svarta solrosfrön.

På vintern varierade repertoaren av fågelröster från blåskrika till kardinal, till duva och till killdeer. Margaret väntade i tystnaden varje morgon för att höra dem välkomna de nya dagarna. Uppfriskad till kropp och själ slöt hon ögonen och somnade om igen. Tills oense röster skakade henne vaken.

Det var hennes tonårige son mot hennes man. Trots att de hade samma blodsband kämpade deras hormoner om herraväldet och de bråkade - särskilt tidigt på morgonen.

Margaret och Michael Lindstrom gifte sig för tretton år sedan och deras son, som nu är tretton år, föddes inte långt därefter. Vissa sa att paret var tvungna att gifta sig, men det var inte deras ensak.

De hade träffats på en blind date och funnit varandra direkt. Michael var chef inom transportbranschen. Margaret hade två jobb samtidigt som hon studerade på college för att få en kandidatexamen i grafisk design.

Michael arbetade långa dagar. Margaret studerade och hade två jobb, så paret träffades inte så ofta. Men när de gjorde det flög gnistorna. Kärlek låg i luften. Helt främmande människor kom fram till dem och kommenterade hur förälskade de såg ut, och solen sken alltid när de var ute och promenerade och höll varandra i handen.

Margarets vänner var avundsjuka på att hon hade en stadig pojkvän och bekymrade. Med sina hektiska arbetsscheman hade de knappt tid för en flört, än mindre ett fullfjädrat förhållande med en äldre man.

"Ha bara kul utan förväntningar", rådde Annabelle, även om hon själv för att undvika komplikationer hade en öppen dörr-policy som gjorde att hon kunde byta partner hur som helst.

"Men jag gillar honom. Jag menar verkligen gillar honom", svarade Margaret.

"Om det är meningen kan det vänta tills du har tagit din examen", sa Lizzy, som var med i universitetsspelet på lång sikt. Hon läste en Bachelor of Science Degree i astrofysik, gick sedan vidare till en Master of Science och hade fortfarande inte bestämt sig för vilken examen hon skulle ta efter examen. "Han är gammal, men inte uråldrig och det är inte troligt att han kommer att gå i graven inom kort."

Han är snäll, mild och omtänksam. Dessutom har han bjudit med mig på ett jobbgig för att träffa sina kollegor. Han säger att han vill visa upp mig." Hon log.

"Du har redan tillräckligt på ditt bord med två jobb och din examen", sa Annabelle. "För att inte tala om att du är alldeles för ung för att binda dig. Om inte ni två är intresserade av det." Hon skrattade och skålade med Lizzy.

"Jag skulle kunna säga nej, antar jag", sa Margaret och hällde i lite mer vin i sitt glas.

"Vilket du inte vill göra", sa Lizzy. "Jag säger gå. Träffa alla tråkiga människor som han arbetar med varje dag. Det kommer säkert att bota dig från alla illusioner du har om honom - om inget annat gör det."

Margaret suckade och återgick till sina studier. Han var inte så gammal, och han uppträdde inte gammalt. En skillnad på sju år var ingenting nuförtiden.

Senare gick hon ut och åt middag med Michael, där hon träffade några av hans arbetskamrater. Hon var närmare deras ålder än Michael var, men han kom överens med alla och förvånansvärt nog hade hon en trevlig stund. Hon gillade när Michael presenterade henne som sin flickvän. Efter att han sagt det hade han tittat på henne som om han förväntade sig att hon skulle motbevisa det, men istället tog hon hans hand. Hon gillade verkligen att vara en del av hans liv.

Inte långt efter jobbgiget bjöd Michael Margaret att följa med honom på en affärsresa utanför staden. Hon sa nej, men när hon sedan frestades att besöka Seattle, Washington, började hon ifrågasätta sitt beslut. Hon kunde ju fortfarande studera och ett avbrott från den dagliga rutinen skulle vara välkommet. Om hon åkte skulle hon verkligen kunna läsa på när hon kom tillbaka.

"Alla utgifter är betalda", lockade Michael. "Jag kommer att vara borta under dagen ... du kommer att ha gott om tid att studera vid poolen - i bubbelpoolen."

Hon skakade på huvudet, men han kunde se att hon blev svagare.

"Och vi flyger Business Class."

Ja, då var det klart. Hon packade en väska och de åkte till Seattle där hon studerade på dagarna. På kvällarna såg de Mariners spela en kväll och gick på Tractor Tavern Rock Club en annan. De hörde Bill Clinton hålla ett föredrag på Seattle Centre. De åkte upp i Space Needle och tittade på Chihuly Garden och gick till Museum of Pop Culture. Det var som om de var på smekmånad, kärleken låg i luften och de fick Tommy.

Margaret och Michael hade inte pratat om barn. Margaret visste inte hur hon skulle närma sig ämnet. Hon övervägde att göra abort, men det låg inte i hennes natur att skada någon som inte valt att födas. Hon bjöd ut Michael på middag och tog upp ämnet.

"Jag vill ha en familj, massor av barn", sa han.

Hon log.

"Men jag ser inte mig själv som typen som gifter sig", sa han. "Men om det fanns ett barn inblandat skulle jag överväga att gifta mig. Alla barn förtjänar en så bra start som möjligt."

"Jag tror att jag är gravid", sa hon.

Han var först tyst, men hoppade sedan upp och kramade om henne. Han sa att de behövde veta säkert. Hon bokade en tid hos sin läkare. När han bekräftade det hon redan visste klamrade de sig fast vid varandra och grät som idioter. Än idag när hon tänker på den dagen måste hon kämpa för att hålla tillbaka tårarna.

Hon hoppade av college när morgonillamåendet tog över hennes liv. De missade lektionerna staplades på varandra. När det stod klart att hon skulle behöva gå om hela året tog Margaret ett sabbatsår och koncentrerade allt hon hade på framtiden. Det fanns mycket att göra innan barnet kom. De sålde hans lägenhet. Köpte ett hus i förorterna och hade ett snabbt bröllop på registret för att göra det hela officiellt.

Den snart nyblivna mamman tillbringade dagarna med att göra hemmet hemtrevligt. När de fick reda på att det skulle bli en pojke satte Margaret full fart med att skapa en underbar barnkammare. De valde ett sporttema, baseboll, hockey, basket. Till och med fotboll. Alla sportaktiviteter som hon och Michael tyckte om att titta på på deras platt-TV.

När Michael var på jobbet gjorde Margaret ibland i ordning en bricka med mat som glass, selleri, svamp och salsa. Sedan satte hon sig framför TV:n, satte på lite lugnande musik för bebisen och läste för honom. Margaret hade tappat räkningen på hur många gånger hon hade läst What to Expect When You're Expecting för sitt lilla barn. För henne var det som en bibel för bebisen och att dela med sig av sina kunskaper stärkte deras band ytterligare.

En solig eftermiddag gick hon till den lokala second hand-bokhandeln med en lista över de favoritböcker hon hade älskat som liten flicka. Hon hade glömt att fråga Mark vilka hans favoritböcker var, men han hade aldrig varit någon stor läsare. Det tog två resor att få in alla böckerna. Hon satte sig på loveseaten med lådorna med böcker framför sig. Hon kunde inte tro att hon hade hittat dem alla! Till och med Pokey Little Puppy, som var den första bok hon någonsin hade lärt sig att läsa själv. Åh, och hon bläddrade igenom exemplar av Charlotte's Web, Anne of Green Gables, Curious George, The Bobbsey Twins, Heidi och hela Harry Potter-serien. Mark skrattade och sa att de borde investera i en bokhylla. Han gjorde bättre än så, han byggde en själv och sa att det inte skulle finnas några sådana där mumbo jumbo-möbler i hans sons sovrum.

Snart nog kom Tommy, och han var det vackraste konstverk hon någonsin hade sett. Ibland kunde hon inte tro att hon och Michael hade skapat honom. Hennes hjärta växte, hon visste inte att hon kunde älska någon mer än hon älskade Michael: och hon älskade honom mycket.

Michael ville ha ett barn till direkt, men en andra graviditet låg inte i korten. Tommys förlossning hade varit svår och läkaren avrådde dem från att försöka igen. Michael höll med om att det inte var värt risken och det var okej för honom, sa han i alla fall. Margaret trodde inte på honom, trots att han alltid hade varit ärlig tidigare.

Höga ljud på nedervåningen bröt ut igen och drog Margaret ur hennes huvud och tillbaka till verkligheten. Tommy skrek först och smällde igen ett skåp, sedan skällde Michael ut honom och saker och ting eskalerade snabbt. De bråkade om de mest löjliga ämnen. Ingen av dem var morgonmänniska ... inte hon heller.

En enda morgon med lugn och ro var allt hon behövde för att komma på rätt spår igen.

Margaret funderade på att stiga upp, men förkastade sedan tanken. Hon skulle vänta tills de bad om hennes hjälp. Det skulle de oundvikligen göra.

Tommy stack in huvudet i hennes rum. Istället för att dämpa sig ropade han: "Sover du, mamma?" Han väntade en sekund eller två på att hon skulle vakna.

"Ja", svarade hon alltid och gnuggade sina trötta ögon, trots att det var omöjligt att sova sig igenom det högljudda bråket.

Nu när han hade hennes uppmärksamhet ropade han: "Jag hittar inte min sporttröja, mamma."

Hon log eftersom hon alltid lade dem på exakt samma ställe, men hon nämnde det inte den här gången. Vad var poängen? "De är i din garderob, älskling."

"De är sååååå, INTE!" sa han, följt av ett stamp, en reträtt och en dörr som smällde igen.

Hon började räkna en Mississippi, två Mississippi, tre Mississippi.

"Hittade den! Tack, mamma! Den VAR här hela tiden."

Margaret lade sig under täcket igen och somnade gott. Tills hennes man Michael återvände till deras rum. Han följde en strikt regim. Först toalett, sedan handtvätt, tandborstning, tandtråd, tungskrapning med återkommande och mycket hörbara kräkljud (som ofta fick henne att hålla för öronen med kudden.) Följt av en femton minuters dusch, rakning, mer tandborstning, föning, grundning, cologne. Allt tidsinställt till sekunden.

När han var klar öppnade han dörren på vid gavel så att den heta ångan hann ut innan han kom in i rummet. Hon såg honom korsa golvet som om han följde efter ett flyende spöke. Doften av hans rakvatten och den varma ångan gjorde henne sömnig och snart skulle hon somna igen.

"Margaret, har du sett en borttappad manschettknapp?"

Hon stack upp huvudet och svarade: "Inte på sistone", medan han rotade i den översta lådan utan att stänga den helt. Sedan öppnade han den mellersta lådan och lämnade den delvis öppen. Slutligen drogs den nedersta lådan ut hela vägen. Skåpet liknade en trappa, men det var en fara eftersom det lätt kunde välta när som helst. Hon föreställde sig hur Tommy gick förbi och hela byrån landade ovanpå honom. Skräcken för vad som skulle kunna hända slet henne i stycken. Om hon var tvungen att få ut honom underifrån ... hade hon styrkan? Tänk om... Hon hoppade upp ur sängen och stängde alla lådor.

"Jag tänkte göra det", sa Michael när han smällde igen dörren bakom sig på väg ut.

Eftersom hon redan var uppe tryckte hon sig mot baksidan av den stängda dörren tills Tommy från nedervåningen ropade: "Mamma, jag kan inte hitta min lunch!"

"Den är i din lunchlåda, andra hyllan, höger sida av kylskåpet."

"Nej, det är den inte", svarade han.

"Kommer", sa hon och tog tag i dörrhandtaget, men innan hon hann öppna det ropade han: "Åh, jag ser det nu! Tack, mamma."

Hon återvände till sitt rum och mumlade "Varsågod" medan den svarta luckan under sängen lockade. Hon kunde glida rakt in där utan något som höll henne sällskap förutom dammråttorna. Där under skulle hon skapa sin alldeles egna superkraft - en skyddande sköld av mörker som avvisade högljudda arga röster.

När rösterna närmade sig fattade hon beslutet och rusade in i det mörka utrymmet. I den mysiga miljön saktade hennes andning och hjärtslag ner. Hon slöt ögonen, tryckte ihop sig och sträckte sedan upp handen och drog ner täcket på golvet och drog det under och över hela kroppen som om hon hade byggt ett fort.

Michael återvände till deras rum. "Älskling?" sa han.

Tommy stannade till vid dörren: "Hon kanske är i badrummet?"

Michael kollade och kastade sedan en blick på sängen.

"Hon är väl inte där under igen?" Tommy viskade.

"Vi får väl se", hörde hon Michael svara.

De två sänkte sig ner på marken och kikade in i mörkret. De såg några rörelser under filten. Michael tittade på sin son och satte sedan fingret mot hans läppar. Han nickade, glad över att låta sin far tala först.

"Älskling", sa Michael med lugnande röst, "skulle du kunna ta mina byxor och skjortor till kemtvätten?" Han öppnade munnen och stängde den igen.

Stackars Margaret kunde inte fatta att han gav henne en att göra-lista och pratade med henne som om hon gömde sig under sängen varenda dag i sitt liv. Det irriterade skiten ur henne.

Han fattade inte vinken utan fortsatte: "Åh, och jag glömde att fråga dig i helgen om det var okej för mig att bjuda över några vänner. Ikväll. För en liten tillställning. En fest för åtta personer, inklusive oss. Ledsen för så kort varsel igen. Jag tänkte fråga dig i helgen."

Tommy gjorde ett försök att göra sin mamma sällskap i hennes ensliga kokong. Istället limbo-ade hon sig ut. Hon rätade på sig och dammade av sig. De stirrade på henne, men sa ingenting. "Ni två kan gå ner nu", sa hon och höll fortfarande i det varma täcket.

Michael kastade en blick på sin klocka.

"Jag mår bra, alldeles utmärkt. Jag kommer om en minut, snälla." Hon lade tillbaka täcket på sängen.

"Okej", svarade de och gick.

När de var borta sträckte hon sig över sängen. Hon stängde av den elektriska filten på sin mans sida. När hon tog på sig morgonrocken och tofflorna föreställde hon sig att hon glömt att stänga av hans filt. Skulle huset brinna ner? Förmodligen. Och det skulle vara hennes fel. Allt var alltid hennes fel.

Hon stängde ytterkläderna och fixade sedan till håret i spegeln. Hon var tvungen att prata med Michael om middagsbjudningen. Åtta personer. I kväll. Det var åtminstone inte lika illa som förra gången när det var tolv, eller gången innan när det hade varit arton. Ändå hade hon bett honom så många gånger vid andra tillfällen som detta att ge henne mer förvarning. Förra gången hon var klar med allt - ja, nästan allt - hade hon inte tid att lacka naglarna. Michael påpekade detta pinsamt inför gästerna och till och med deras son hade tillräckligt med emotionell intelligens för att byta ämne innan hon brast ut i gråt.

I hallen gjorde hennes kanintofflor gnistor när hon gick och gav henne stötar när hon plockade upp strumpor, underkläder och en manschettknapp längs vägen. Bitar och bitar lämnades efter henne som ett spår för att leda henne ner till där de väntade.

På nedervåningen stod hon nu i korridoren som ledde till vardagsrummet. När hon klev in såg och hörde hon sin man knapra på rostat bröd medan han höll en kopp te med lillfingret i vädret. Bredvid honom satt Tommy och åt Rice Crisps och missade sin mun. Droppar av mjölk och flingor samlades mellan hans fötter och gjorde pitter-patter ljud när de träffade mattan.

Hon gjorde en mental anteckning om att slänga in mattan i torktumlaren när de hade gått, lättad över att tyget på golvet moppade upp vätskan snarare än fläckade ner vad hon trodde var hennes sons sista rena skolskjorta. Hon lade till en andra mental anteckning om att beställa några nya skjortor till honom - han växte så fort; det var svårt att hänga med i tillväxtspurten.

"God morgon", sa Margaret precis när Fred Flintstone skrek, Wilma!

Hennes familj bekräftade hennes närvaro genom att titta åt hennes håll, sedan brast de ut i skratt när Barney och Fred fortsatte med sina vanliga upptåg. De kom åtminstone överens. Familjen Flinta var en sak som de båda var överens om.

När det var reklamavbrott sa hon: "Angående den här middagsbjudningen, Michael." Han skruvade ner volymen på apparaten. Tommy protesterade, men åt sedan färdigt sina flingor.

"Jag ber om ursäkt för det där igen", sa hennes man. "Jag pratade med min chef på golfrundan i helgen. Jag vet inte riktigt hur det hamnade här, men i nästa ögonblick var jag värd för det jäkla evenemanget. Det behöver inte vara smoking eller något annat fint. Tre rätter plus dessert borde räcka."

"Vilka är våra gäster? Vilken typ av mat gillar de? Några allergier? Några vegetarianer?" Hon gjorde en paus. "Varför tänder vi inte grillen?"

"Nej, grillidén är bra för en helgträff, men det här är affärsmässigt motiverat."

Hon suckade.

Han fortsatte: "Min chef och hans fru, Jim och Dave från marknadsavdelningen, Lucy och hennes man William från juridiska avdelningen. Jag tror att Lucy kanske är vegetarian eller vegan. Lance från finansavdelningen och hans fru - jag har inte träffat henne tidigare. Han är ny i vårt team." Han tittade på sin klocka och hoppade till.

Margaret tog tag i hans ärm. Hon satte in den saknade manschettknappen och kilade sedan in sig framför sin man i hopp om att få en kyss.

Michael tvekade en sekund innan han gav Margaret vad vissa kanske skulle kalla en kyss - det gjorde hon inte. Det var mer som en smekning - i farten - när han åkte förbi. Parets läppar hade knappt rört vid varandra.

Innan Margaret hann få fram ett ord smällde Mark igen dörren bakom honom.

Hon slog armarna om sig igen. För en sekund eller två såg det ut som om Tommy skulle ge henne en kram. Hon öppnade sina armar och han sträckte ut sin arm i hennes riktning med handflatan uppåt. Hon korsade armarna när han gick rakt in i Sales Pitch 101.

"Du förstår mamma, idag är det Burger Day - två för en - och jag behöver pengar. Pengarna är till välgörenhet och jag har redan spenderat alla mina fickpengar den här veckan."

"Men lunchen jag lagade då?"

"Inga problem, jag äter den på rasten."

Margaret klappade honom på huvudet och gick sedan in i köket där hennes handväska hängde på kroken. När hon sträckte in handen tittade hon på hur det såg ut i köket. Vilken röra! Och hon var tvungen att få allt skinande rent för en middagsbjudning ikväll. Inga problem!

Hon hade bara en tiodollarsedel som hon lade i hans ännu väntande hand. "Ge mig växeln", sa hon när han lämnade huset med en fast smäll på dörren.

Tillbaka i vardagsrummet avslutade The Flintstones med "You'll have a gay old time!" Margaret hummade med medan hon kastade mattan över axeln, samlade ihop den smutsiga koppen och fatet, glaset och skålen.

Nu var hon i köket och lade in mattan i tvättmaskinen, frukostbesticken i diskmaskinen och hällde sedan upp en kopp te ur den ljumma kannan. Hon återvände till vardagsrummet, som var mindre rörigt. Hon bläddrade igenom kanalerna och stötte på Judge Judy. Hon kunde inte låta bli att beundra kvinnan, som hade total kontroll över allt och alla i sin rättssal.

Hennes vänner sa att hon borde stiga upp innan hennes familj gjorde det, det skulle minimera kaoset och röran. Då skulle hon ha kontroll över situationen. Andra sa att hon borde skaffa ett jobb och flytta hemifrån innan de gjorde det, så att de skulle bli tvungna att lära sig att klara sig själva. Men hon var så trött, så olik sig själv, och dessutom hade hon inte arbetat sedan innan hennes son föddes. Vem skulle anställa henne nu?

Margaret hade blivit alltmer missnöjd med sin lott, eftersom hon gav upp sitt liv för dem hon älskade. Hon ogillade den som alltid gav, även om det var hennes val att göra det. Sedan började hon känna skuld och självömkan. Gick alla mammor igenom samma sak? Denna tomhet? Detta tryckande och dragande inom sig själv, vilket skapade ett tomrum. Denna tomhet inombords, som hon lät röra sig som en sommarstorm och regna över allt i hennes liv. Hon var en orkan som väntade på att hända och idag var dagen hon hade fruktat.

Hon duschade och klädde på sig, utan att stanna för frukost men tog sig tid att slänga in mattan i torktumlaren, och med en brinnande önskan att komma ut. Iväg. Vart som helst, bort.

Margaret pekade bilen i riktning mot köpcentret och körde. Parkerade. På vägen in stod en ung man och vallade vagnar. Med vindens hjälp var flera av dem på väg att fly. Hon funderade på att säga något för att lätta på mannens börda, men istället log hon mot honom. Under sitt andetag kallade han henne för kärring.

Husmodern ignorerade honom och skyndade sig in. Hon kunde inte låta bli att undra varför hennes empatiska gest inte hade lett till något annat än misshandel. Strunt samma, tänkte hon och flyttade fokus till det aktuella problemet: förberedelserna inför middagsbjudningen. Men en sak i taget: vad skulle hon ha på sig?

Skulle hon unna sig en ny outfit? Shopping hade hjälpt till att lyfta hennes humör tidigare. Kanske skulle det göra susen idag?

Margaret gick längs modekorridoren och hittade en skyltdocka i ett skyltfönster som bar en fin kostym som hon gillade. Hon vågade sig in, där speglar överallt angrep henne. Hon drog sig tillbaka.

I rulltrappan såg hon ett hår- och nagelspa. Hon tittade på sina naglar. Hon föredrog att göra dem själv hemma när hon visste vad hon skulle ha på sig - hon skulle ta sig tid. Men håret, det var en annan sak.

Hon stod utanför salongen och tittade på stylisterna som gick omkring och höll sig sysselsatta. Det verkade vara en lugn dag i salongen, eftersom bara en stol var upptagen. Hon funderade på att gå in och prata med någon men bestämde sig för att inte göra det eftersom hon tittade på sin telefon. Tiden tickade iväg och hon hade redan alldeles för mycket att göra.

En blinkande neonskylt drog till sig hennes uppmärksamhet. Den löd:

Res till din drömdestination. Rea endast idag!

Hon var inte längre Margaret, hon var Margarita på Kuba. Hon föreställde sig att hon var på Kuba och dansade rhumba. Sedan var hon i Australien och dansade i Outback. Inte en chans! Det var alldeles för långt bort.

En ung man som var ungefär hälften så gammal som hon lade märke till henne. "Jag kommer strax", sa han. Han återgick till sitt samtal i telefonen.

Hon gick in och ställde sig tafatt nära receptionen. Hon lyssnade på den unge mannens lugna röst. Ibland bekräftade han hennes närvaro med ett leende. Efter en stund slutade han prata och höll handen över telefonen.

"Ta en kopp kaffe eller vatten medan du väntar. Jag kommer inte att dröja länge. Och titta gärna igenom broschyrerna och tidningarna. Jag kommer strax."

Margaret hällde upp en kopp rykande hett kaffe, tillsatte grädde och en sockerbit. Hon tittade i riktning mot den unge mannen i telefonen när hon såg en ask med kex. Som om hon bad om hans tillåtelse.

Han kupade handen över luren igen: "Javisst, ta för dig av en kaka eller två. Du är mycket välkommen."

"Tack", viskade hon och plockade upp ett kex. Det var himmelriket av choklad.

Medan hon väntade bläddrade hon i några tidningar. Den första handlade om Schweiz. Nu var hon Maggie och förberedde sig för att åka skidor i Zermatt med den långe, blonde och stilige skidläraren Sven som hjälpte henne med skidorna. Nu hade de åkt färdigt och han erbjöd henne en kopp varm choklad. Hon svimmade och sträckte sig efter den, men blinkade sedan bort honom.

Hon plockade upp en annan broschyr för Hawaii och föreställde sig själv på stranden i Waikiki, hula-ing med George Clooney. Sedan tittade hon ner och insåg att hon hade på sig en bikini och skrek.

Margaret kom tillbaka till verkligheten och tittade i riktning mot den unge mannen som fortfarande pratade i telefon. Han hade inte märkt hennes utbrott. Puh. Hon tog en tugga till av chokladkakan. Att ha bikini eller någon annan baddräkt på sig var uteslutet.

På väggen såg hon en affisch med reklam för en resa till Storbritannien. Beefeaters. Med de där galna höga hattarna. Nu var hon Cathy och letade efter Heathcliff på Yorkshire Moors. Det var en mycket kall och blåsig dag, men de promenerade och njöt av den friska luften...

"Kan jag hjälpa dig?" frågade den unge mannen.

Heathcliff försvann. "Uh, jag drömmer bara", svarade Margaret med blossande kinder.

Den unge mannen klickade på sitt tangentbord och tittade på skärmen. Han vände datorn mot henne. "Det här är dagens endags- och sista minuten-erbjudanden. De kom precis in!"

Nyfiken gick hon närmare.

"Om du är intresserad av England kommer du inte att hitta ett sådant här pris igen."

"Jag har alltid velat besöka Storbritannien."

"Det här priset", sa den unge mannen, "inkluderar en hyrbil och en kombination av hotell och B&B. Du kan resa runt och sedan välja var du vill stanna och bo."

"Jag vet inte hur man kör där, kör de inte på andra sidan?"

"Det är sant, men du kommer att lära dig det på nolltid."

***

Margaret återvände hem och beställde hämtmat. Hon valde en mängd olika rätter från menyn för att passa alla behov. Hon ställer in Chardonnay, Rose och öl i kylskåpet. De fyra flaskorna rött ställde hon i vinstället.

Hon knöt ett förkläde runt midjan och började sedan dammsuga och dammtorka. Hon lägger tillbaka den rena mattan i vardagsrummet. När allt var perfekt dukade hon bordet med plats för sju vid bordet. Michael ville inte riskera att Tommy ställde till med en scen. Inte inför hans chef och arbetskamrater. Hon förberedde en bricka och ställde den på disken så att han kunde ta den till sitt rum.

Margaret gick in på sitt rum och packade en resväska och en handväska. Hon beställde en Uber som skulle köra henne till flygplatsen.

Tre timmar senare gick hon ombord på ett plan och var snart på väg till Storbritannien.

När hon tittade ut genom fönstret överväldigades hon under en bråkdels sekund av skuldkänslor. Hon kämpade emot.

Hon hade lämnat en lapp på kylskåpet där det stod att hon skulle resa bort.

Margaret hade inte nämnt vart hon skulle eller när hon skulle komma tillbaka.

Inte heller att hon hade köpt en enkelbiljett. De skulle lista ut det.

PARAPLYET OCH VINDEN

DET VAR FREDAGEN DEN 13:e och vinden piskade runt. Saker som inte var avsedda att flyga studsade och rikoschetterade. Tvärs över och över. De slog kullerbyttor runt omkring mig.

En sådan dag skulle en del pensionärer kanske ha stannat kvar i sängen, men inte jag. Varför skulle jag våga mig ut en sådan hemsk dag? Av den anledningen och bara av den anledningen - jag behövde en stark kopp kaffe.

Följaktligen lekte jag dodgem, duckade och dök för att ta mig ut ur huset och in i min bil. Sedan begav jag mig mot närmaste drive-through. Jag var inte den enda som var modig nog att ge mig ut i det okända för att bota mitt koffeinberoende.

Kön rörde sig framåt, långsamt. Jag beställde en Extra Strong Vanilla Latte och kröp sedan fram mot fönstret för att betala. Jag sträckte mig efter min plånbok och upptäckte att jag hade glömt den hemma.

Damen i kassan sträckte ut sin hand och drog in den igen för att undvika en liten gren som träffade mitt fönster och sedan studsade in i hennes.

"Växla", sa jag när kvinnan sträckte ut handen igen. Jag höll fortfarande på att rota igenom handskfacket och koppfacken. Efter att ha räknat hade jag sjuttioåtta cent. Under mitt säte låg ytterligare en dollar. Jag fortsatte leta, medan bilarna bakom mig väntade och killen direkt bakom mig tutade, andra följde efter.

"Det får duga", sa kvinnan när hon tog mynten och räckte mig kaffet.

Jag log mitt största leende och sa: "Tack", stängde fönstret och körde iväg, ständigt så tacksam. Kaffet luktade himmelskt, men jag väntade med att ta en klunk tills det första rödljuset.

Medan jag väntade, smuttade och njöt, knäckte ett omotiverat paraply min vindruta med sitt trähandtag innan det studsade iväg och vilade på en närliggande trädgren.

Jag insåg inte ens att java brände mig förrän ljuset bytte. Jag stannade till och klev ur bilen. Det finns inget som hett kaffe som rinner nerför benet och ner i strumpor och skor. Jag skakade på benet, som en hund som nyligen fått ett bad.

Jag såg det komma, men det var för sent.

Det förbannade paraplyet. Igen.

***

Jag vaknade, fortfarande på parkeringsplatsen med paraplyets trähandtag runt min hals. Jag hade fallit hårt men lyckats greppa tag i bildörren på vägen ner, vilket var bra på ett sätt och dåligt på ett annat eftersom det dolde min belägenhet.

Betongen under mig kändes kall och svampig. Jag försökte resa mig upp, men vinden tog tag i paraplyet som fortsatte sin färd som ett vildvuxet ogräs.

Jag stod inte upp än utan kastade mig uppåt och tryckte min vikt mot bildörren. Det plötsliga klicket från dörrlåset bådade inte gott för mig — jag hade lämnat nycklarna i tändningslåset. Jag kände efter min telefon och insåg snabbt att den låg hemma i min handväska.

Jag lutade mig mot bilen med armarna i kors i hopp om att locka till mig en barmhärtig samarit.

På avstånd såg jag paraplyet som var på väg någon annanstans. Hoppsan. Ett mötande fordon som försökte undvika den virvlande dervischen körde in i bakdelen på en annan bil. Någon skulle ringa polisen nu. Jag skulle vinka över dem för att hjälpa mig också. Allt var bra.

Snart var det förbannade paraplyet iväg igen, i full fart i min riktning. Var jag en paraplymagnet? Den här gången flög det högt upp och snurrade. Det var en skönhet på avstånd. Det öppnade sig mot himlen i all sin svärta. Det var fascinerande, så högt upp flög det, och ni vet det gamla talesättet: "Det som går upp", ja, det visade sig vara sant när den förbannade saken störtade mot marken med potential att slå ut mig för gott. Precis som scouternas motto var jag förberedd och istället för att vänta på att den skulle träffa mitt huvud sträckte jag ut handen och tog tag i handtaget.

Jag höll i mig för glatta livet och hoppades att jag inte skulle bli Mary Poppins själv. Mina fötter lämnade marken, men bara för en sekund eller två innan jag hörde sirener och skor som slog mot trottoaren.

En ung kvinna lade sin hand över min på handtaget. Vi höll oss stadigt medan fler fotsteg gick på gatorna när dess ägare klickade på knappen och stängde det hopfällbara taket.

***

Efter den märkliga morgonen gick jag hem och lade upp fötterna och vägrade röra mig förrän vinden mojnade. Jag höll mig till planen tills min son bad mig hämta honom strax efter kl. 19.30 hos sin vän på andra sidan stan. Det var meningen att föräldrarna skulle skjutsa honom hem, men de var nervösa förare, så det var jag som skulle hämta honom.

Tjurögats spricka på vindrutan var en ständig påminnelse om hur min dag hade varit hittills. Jag väntade fortfarande på besked från mitt försäkringsbolag om självrisken. De undersökte om det rörde sig om "force majeure".

Jag kontaktade polisen som sa att de skulle bekräfta att paraplyet fanns, men inte att det var kopplat till min vindruta. När de såg mig höll jag i det.

Jag kände mig mycket arg på den person som inte hade lyckats hålla fast vid sitt paraply av tyg och hade en halv tanke på att skriva till kommunen och begära en paraplylicenspolicy. Då kunde jag få dem att betala min självrisk, eller ännu bättre, stämma dem.

Jag startade bilen och backade ut från uppfarten, medveten om flygande föremål, när en grön flaska fångade mitt öga. Den snurrade och snurrade runt i en cirkel, som om imaginära människor spelade ett spel av Snurra flaskan. Den lämnade inte marken under större delen av tiden och såg ut som ett avlångt grönt rymdskepp när den startade, lyfte högre och högre, sedan kraschade, snurrade och lyfte igen. Jag fortsatte, av en slump i samma riktning som flaskan var på väg.

När jag såg en man och en kvinna gå mot varandra medan flaskan gjorde en farlig volt öppnade jag mitt fönster och ropade på dem. När de inte reagerade tutade jag. Flaskan, som nu befann sig högt upp i luften, började falla fritt mot dem.

Flaskan föll ner och träffade kvinnans huvud med full kraft. Den gröna behållaren rikoschetterade och träffade mannens huvud. Det likgiltiga gröna föremålet steg och föll flera gånger innan det stannade mot en trädstam.

Jag satte på mitt fyrvägsblinkers och stängde av motorn innan jag klev ut ur min säkra bil och ut i den farliga vinden igen.

Både mannen och kvinnan var vid medvetande, men de rörde sig inte eller försökte resa sig upp. Jag tog kvinnans puls, sedan mannens och bedömde situationen medan jag mindes min första hjälpen-utbildning från flera år sedan. Jag ringde 911. Vakthavande ställde några frågor, men smällarna bakom oss fick folk att sätta sig upp

Vi såg hur vinden fortsatte att vråla och flaskan flög iväg. Den majestätiska gråtpilen böjde sig fram för att hämta den, men för sent. Vinden knäckte dess tjocka överkropp på mitten och när trädet slog i marken skakade efterklangen jorden under oss.

"Kom igen!" ropade jag.

Med vinden i hälarna gav vi oss iväg.

***

När vi väl var framme i min bil och hade spänt fast oss i säkerhetsbältet körde jag iväg. Flaskan var inte längre i sikte och vi körde vidare för att hämta min son.

Efter en stunds andhämtning presenterade vi oss för varandra.

Brent Welch var en lång och mycket stilig man med mörkt hår och blå ögon. Han hade en grop i hakan som liknade Cary Grant. Han var delägare i en lokal advokatbyrå, mycket vältalig, hade påtagligt fina manér och han var singel.

Eileen Manny, också singel, hade långt blont hår och använde för mycket smink. Hon var en reserverad och lågmäld kosmetikrepresentant så hennes "ansikte var hennes palett".

Jag presenterade mig. "Mitt namn är Alice Mitchell. Jag är nybliven änka och pensionerad gymnasielärare."

Nu när vi var bekanta tackade de mig för att jag hade räddat dem. Sedan frågade de om sprickan i vindrutan precis när Jasper klättrade in i bilen och satte på sig säkerhetsbältet.

Efter presentationen fortsatte jag att berätta historien om paraplyet. Mina passagerare vrålade av skratt.

"Vad är det som är så roligt?" frågade jag.

"Det kunde inte ha hänt någon annan", svarade Jasper.

Vi begav oss hemåt och släppte av Mark och Eileen längs vägen.

När vi äntligen var framme insåg jag att det fortfarande var två timmar kvar på denna mer än händelserika fredag den 13:e. Jag klättrade upp i sängen, drog täcket över huvudet och försökte sova.

Jag hade ingen aning om vad som komma skulle.

***

Nästa morgon, lördagen den 14:e, tog det mig några minuter att vakna. Det var som om dörrklockan ringde i min dröm tills min son Jasper knackade på min sovrumsdörr.

"Mamma det är till dig — polisen."

Jag kastade tillbaka täcket, drog nattlinnet över huvudet, bytte ut det mot en joggingoverall och borstade håret med fingrarna innan jag gick ut.

Min son, som inte har mycket etikett när det gäller sådana här saker trots att han uppfostrades med utmärkt hyfs, hade lämnat poliserna stående på verandan.

När jag stack ut huvudet, halvt in och halvt ut, ökade vinden och drog nästan dörren ur händerna på mig.

Poliserna hade ett ovårdat utseende, vilket förr i tiden brukade kallas "vindpinat och intressant". De två kraftiga poliserna var tillräckligt snygga för att kunna jobba extra som strippor från Thunder from Down Under. Jag bjöd in dem.

"Nej tack, frun", sa den blonda killen, som när han tog av sig hatten såg ut som den andra killen, den som inte var "Ponch" från C.H.I.P.S..

"Jon", sa jag högt utan att mena det (namnet på den blonda killen från C.H.I.P.S. hade just slagit mig).

"Jag heter Marshall", sa den blonde. "Min partner är konstapel Ramsey."

"Trevligt att träffas. Och vad kan jag göra för dig?"

Blondie sa: "Vi fick en rapport om ett övergivet 911-samtal från dig igår, kan du förklara vad som hände?"

"Jag såg en man och en kvinna gå mot varandra medan de väntade på att ett rött ljus skulle ändras. Jag lade märke till flaskan."

"Mitt i flygningen?" frågade Ramsey.

Jag nickade. "Ja, flaskan gick upp och kom sedan ner igen. Jag försökte fånga deras uppmärksamhet, men innan jag visste ordet av träffade flaskan först kvinnan och sedan mannen. Båda föll ner på trottoaren, hårt."

"Vilket tillstånd befann de sig i när du nådde dem och hur lång tid tog det för dig att komma dit?" Jon, jag menar Marshall, frågade.

"Jag parkerade inom några sekunder och gick till deras sida omedelbart."

Ramsey var antecknaren, han skrev ner allt jag sa.

Marshall hade sin telefon riktad mot mig; han spelade in allt jag sa.

Jag gissade att det var okej, även om jag inte ifrågasatte det just då.

"De var vid medvetande, andades och hade stark puls. Efter att ha bekräftat detta ringde jag 911."

"Vad hände sedan?"

"Ett stort träd rasade ner och vi sprang till min bil."

"Bad någon av dem att få träffa en läkare eller åka till akuten?"

"Nej, de var helt vakna. Vi skrattade och pratade. Deras hus låg på vägen tillbaka, vi släppte av dem och det var inga problem alls."

Vi förblev tysta.

***

"Vad handlar det här om?" Jag frågade och kände vinden skära genom min träningsoverall.

"Har du någonsin träffat någon av dem förut?" frågade Marshall. "Deras hus ligger ju inte långt ifrån ert."

"Nej." Jag stod tyst och försökte förstå vart de ville komma med sina frågor. Vad spelade det för roll om jag hade sett någon av dem tidigare? Inne i huset satte min son på TV:n och ljudet avlöste varandra. Jag stängde dörren bakom mig och klev ut.

"Vilken typ av flaska var det?" frågade Ramsey.

"Det var en grön flaska."

De två poliserna utbytte blickar.

"Är det sant att du hade en annan incident igår med ett paraply?" frågade Marshall.

"Ja, det var en hemsk fredag den 13:e."

"Saken är den", sa Ramsey. "Welch och Manny dog."

***

Jag vaknade upp efter att ha svimmat med tre oroliga ansikten som tittade ner på mig. Två av dem tillhörde poliserna Ramsey och Marshall. I sina händer höll de exemplar av Reader's Digest som de vinkade åt mig som fans. Det andra tillhörde Jasper, som höll i ett glas vatten från vilket han med jämna mellanrum sprutade droppar på min panna.

"Är du okej, mamma?"

Jag var inte hundra procent säker. Jag försökte ändå sätta mig upp för att undvika fler angrepp från Reader's Digest och vatten.

"Du fick en liten chock", sa Ramsey, precis när två ambulanssjukvårdare kom fram till mig. En kontrollerade min puls, den andra knäppte på blodtrycksbandet och började pumpa. Båda sa: "Allt är bra."

Jag försökte eskortera dem till dörren, men de sa att det inte var nödvändigt.

Ramsey satte sig mittemot mig.

Fjärilarna i magen fladdrade runt och jag kände mig fortfarande lite känslig eftersom frågor om flygande flaskor som dödar människor flöt runt i mitt huvud.

Jag trodde att jag bara tänkte den sista tanken tills Ramsey svarade: "Vi vet inte dödsorsaken än. Rättsläkaren undersöker kropparna."

"Vi märkte att du har en stor spricka i vindrutan", sa Marshall. "Körde någon av dem in i den?"

"Nej, det orsakades av paraplyet."

"Jag tror att vi har tillräckligt med information", sa poliserna.

Jasper visade dem ut.

Jag gick in i köket, gjorde mig en stark kopp te och öppnade ett paket chokladkex. Utanför kunde jag höra vinden som blåste löven runt och runt. Jag öppnade bakdörren och bad Moder Natur att sluta upp med det där.

Som väntat ignorerade hon min begäran.

***

Söndagen var en lugn dag. Jag höll mig för mig själv och Jasper behandlade mig som om det vore mors dag med frukost, lunch och middag i sängen. Fortfarande i chock accepterade jag gladeligen rollen som invalid för en dag och bara en dag.

På måndag morgon begav jag mig till glasutbytesverkstaden. Allt jag behövde göra var att betala självrisken så skulle de fixa det på plats.

Min telefon ringde, och det var konstapel Ramsey. Han bad mig komma ner till stationen, "och ta med din bil."

Jag förklarade var jag var och varför. Han sa att min bil var "under utredning". Han sa att jag skulle vara utan bil i ett par dagar.

Jag sa att jag skulle komma så snart som möjligt och lämnade platsen.

Senare stod jag och väntade vid ett rödljus när jag såg ett ungt par gå tillsammans och hålla varandra i handen. I hans andra hand hade han en kopp kaffe. Hon drack ur en grön flaska. I ena stunden var de lyckliga, i nästa släppte hon hans hand som om den vore en het potatis. Han i sin tur tappade sitt heta kaffe och det spilldes över hans byxor och skor.

På en sekund träffade han botten på hennes flaska och den flög upp i luften. De av oss som väntade vid trafikljusen såg hur den flög upp. Det var som en raket som flög rakt upp i luften.

Den kom ner precis när det unga paret tittade upp.

Den träffade kvinnans huvud först, rikoschetterade från mannens skalle och rullade längs trottoaren ut på gatan.

Jag var ute ur bilen direkt och ringde 112 på vägen. Andra följde efter mig och klev ur sina fordon. Vi blockerade hela korsningen.

Flickan var medvetslös och mannen var klarvaken.

"En ambulans är på väg", sa jag.

Vi hörde sirenerna. Såg polisbilarna.

"Vad i hela friden gör ni här?" frågade Ramsey.

"Oj då", svarade jag.

***

Jag förklarade situationen. Den här gången fanns det gott om vittnen.

Efter att ambulansen lagt in paret och skrikit iväg, sa poliserna åt alla att utrymma området, utom mig. De hade redan pratat med de flesta av vittnena.

"Arresterar ni mig?"

De utbytte blickar.

"Behöver ni fortfarande beslagta mitt fordon?" Jag skryter, jag har sett många polisshower.

"Du kan åka hem", sa Ramsey.

"Vi vet var du bor", sa Marshall med ett flin. "Lämna bara inte stan, okej?"

Jag skrattade och gick min väg.

***

Det var inga incidenter på vägen hem.

Jag satte in den rostade kycklingen i ugnen, skalade potatisen och skar upp lite grönsaker, samtidigt som jag tänkte på luftburna gröna flaskor.

Jag gick in på mitt kontor och skrev in "flying bottles" i en sökmotor. Den länkade mig till en kille på YouTube som hade stoppat godis i en flaska och sedan krossat den mot marken. Ingenting hände. Nyfiken fortsatte jag att titta. Nästa gång han slog sönder flaskan träffade den ansiktet på en kameraman och sköts upp i luften som en raket.

Sedan kom jag över några Myth Busters-experiment som bekräftade att en full flaska hade potential att krossa en skalle. Tomma flaskor kunde däremot inte — den myten hade verkligen krossats av de två senaste dödsfallen.

Jag stängde av datorn. Jag ville inte tänka på det här längre.

På given signal kom Jasper in. "Är allt okej mamma?"

Jag berättade för honom om den senaste händelsen och experimenten på YouTube.

"Du skämtar, eller hur?"

Jag skakade på huvudet och gick in i köket för att röra om i potatisen.

"Till råga på allt var det Ramsey och Marshall som kallades till platsen. De måste tro att jag är någon sorts olycksfågel."

"Det är en småstad mamma, vi är alla i varandras affärer. Spelade någon in händelsen på sina telefoner?"

Ur barns munnar. Om de hade det kan det ha laddats upp på nätet. "Hur hittar jag det? Vilka nyckelord ska vi använda?"

Vi gick tillbaka till mitt kontor och där låg det.

"Du måste berätta för poliserna."

Officer Ramsey svarade direkt. Jasper skickade direktlänken till honom medan jag berättade detaljerna för honom.

Potatisen var nästan klar, så jag hällde ut vattnet och tillsatte lite salt och peppar.

Jasper och jag satte oss ner för att äta middag med TV-ljudet i bakgrunden. Det var en uppdatering om paret som träffats av flaskan. Vi lade ner besticken och gick närmare. Speakern sa att flickans tillstånd var kritiskt, men att pojkens tillstånd tack och lov var stabilt.

Vi var inte hungriga längre.

***

Jag sov inte mycket, vände och vred mig hela tiden.

Till slut gav jag upp och gjorde mig en kopp te.

Jag stod och höll i den och tittade ut genom fönstret på vinden som fortfarande blåste och virvlade runt saker. Jag darrade.

I mitt liv hände bra saker och hemska saker alltid tre och tre.

Jag gick in på mitt kontor och klickade på lite information om övernaturliga händelser inklusive föraningar. Alla tecken fanns där. Universum försökte säga mig något.

Men vad var det?

Tecknen tydde på att det kunde vara en arg ande, någon som hade blivit mördad eller dödad före sin tid. Någon som hängde kvar och sökte hämnd. Jag kunde inte se någon koppling till offren. De var ju trots allt främlingar.

Jag började skriva ursinnigt. Att göra listor hjälpte mig alltid att reda ut saker.

I kolumn nummer ett skrev jag mig själv. Singel. Änka. Pensionerad. En son. Gift i trettiofem år. Maken dog av tjocktarmscancer. Stadium 4. Båda mina föräldrar var avlidna. Jag var enda barnet. Vår familj hade alltid bott lokalt. Vår släktforskning gick långt tillbaka i tiden i det här området.

På lista nummer två satte jag Brent Welch. Han var trettiotre år och advokat. Jag googlade hans dödsruna. Han var singel. Aldrig gift. Bodde ensam. Hans släkt gick långt tillbaka i tiden även i det här området. Varför hade vi aldrig träffats förut? Hans släktingar bidrog till att göra vårt samhälle till en beboelig plats redan under pionjärtiden. Hans mor och far var båda avlidna. Han var enda barnet.

Vi hade några saker gemensamt. Det fick mig att sitta upp.

I nästa spalt skrev jag Eileen Manny. Hon var trettionio år gammal. Hade en tvillingsyster vid namn Esther som bodde i närheten. Så mycket för den teorin. De hade lokala rötter, men de gick inte lika långt tillbaka som Brent och jag. Eileen var gift, men hennes man hade gått bort. Eileens föräldrar var båda vid liv, men de hade flyttat. Eileens dotter gick i samma skola som Jasper. Märkligt att vi inte hade träffats tidigare.

Mina listor innehöll lite information och var absolut inte till någon hjälp.

Sömnig gick jag tillbaka till sängen där listor med värdelös information virvlade runt i mitt huvud.

***

Det regnade extremt mycket, men molnen var inte på sina vanliga platser. Istället var de under mig. Det regnade, från marken och upp. Ännu ett tecken på klimatförändringar och föroreningar i städerna?

Jag svävade utanför mig själv, medan mina fötter förblev stadigt planterade i mina Tender Tootsies. Mina ben var dolda under en blommig, flerfärgad kjol i sextiotalsstil. Den blåste i vinden och blottade dem när kjolen vek sig utåt och sedan inåt igen. I midjan hade jag ett bälte av mycket tjockt, brunt läder. Det var för tajt och snörde åt mig.

Var jag död?

Jag klämde mig. Så inte död.

Jag hade på mig en vit blus med en hög volangkrage och ett halsband, pärlor, svart, ett radband. Jag drog de svala pärlorna genom fingrarna och försökte läsa av allt, men jag kunde inte komma ihåg vad jag skulle göra med det.

Vinden plockade upp mig, bar mig. Blåste mig framåt och bakåt.

Mitt långa hår slingrade sig nerför ryggen i en stram fläta.

Jag stod på en bit mark, ovanför molnen. Det fanns inte mycket utrymme att röra sig på utan att vara rädd för att falla.

"Mamma! Mamma! Mamma, vakna! Vakna snälla."

Det var Jasper. Jag var tillbaka.

Jag skrek när ett grönt eldklot brände mitt hår och smälte radbandet. Det droppade nerför mitt bröst och genom mina fingrar.

***

Jag satte mig upp och tittade på mina fingrar, förväntade mig att se gröna klumpar sippra igenom, men de var rena som en visselpipa. Det hade bara varit en mardröm.

Min son ropade fortfarande på mig. Jag sprang till vardagsrummet och öppnade och stängde ögonen ett par gånger för att försäkra mig om att jag såg vad jag såg. Vilken röra!

En grön sak hade kraschat genom taket på mitt hus. På vägen ner till sin sista viloplats (källaren) hade den krossat och förstört allt i sin väg medan den sprutade en neongrön substans runt mitt hem som en hund som markerar sitt revir. Den gröna nyansen kunde ha varit en fin detalj, om det inte hade varit så mycket av det och om det inte hade stänkts omkring på ett slumpmässigt sätt.

"Vad i hela friden?"

"Hörde du inte det?" frågade Jasper. "Det var som en ljudbang."

Jag gick närmare hålet. Jag hade inte hört någonting. Jag hade sovit och drömt. Nu var jag klarvaken och mållös. Jag korsade armarna och tittade ner. Ånga steg upp från hålet. Jag sträckte ut handflatan och trots att det var en våning under oss kunde jag känna värmen stiga. Jag försökte tala, men det fanns inga ord.

Jasper tittade på mig och väntade på att jag skulle säga något.

Det såg inte ut som mycket, inbäddat i mitt källargolv. Den var inte rund, fyrkantig eller äggformad. Den hade många ansikten, var tredimensionell, sfärisk, nästan euklidisk, en solid dodekaeder.

"Borde vi inte ringa någon?" Jasper frågade när han lutade sig över kanten bredvid mig.

"Jag är inte säker på vem vi ska ringa. Vi är inte skadade, det är huset som är det. Det är inte ett spöke så Ghost Busting-teamet skulle inte hjälpa. Jag är inte säker på om Neil deGrasse Tyson eller någon av vetenskapstidningarna gör hembesök."

Jasper skrattade. "Jag önskar verkligen att Stephen Hawking fortfarande fanns kvar."

"Jag tror att det här är mer som en Stephen King-grej", sa jag.

Vi var i chocktillstånd men höll ihop det med humor.

"Vi måste gå ner dit och ta en närmare titt."

"Jag vet inte, mamma; saken utstrålar värme. Det känns som om jag bränner mig på solen bara av att stå här."

Han hade rätt, men jag hade inte märkt det eftersom värmevallningar i min ålder var det normala.

"Hur blir det med polisen?" Jasper frågade, tog fram sin telefon och tog några bilder.

"Inte säker på hur de kan hjälpa till, men de är åtminstone inom köravstånd." Jag fasade för tanken på att prata med poliserna Ramsey och Marshall.

"Jag tog det här", visade Jasper mig, "när det kom genom taket."

Bilden av saken i nedåtgående rörelse visade hur den vek sig och vecklade ut sig precis innan den träffade.

"Det är förvrängt", sa Jasper. "Den rörde sig väldigt snabbt."

Jag ringde polisstationen och konstapel Ramsey hade ledigt idag, så jag frågade efter konstapel Marshall. Efter att jag förklarat frågade han: "Är det här ett skämt?"

Eftersom jag hade skickat ett foto tidigare skickade jag ett till honom nu. Bevis. Jag väntade.

Konstapel Marshall frågade om någon var skadad och jag bekräftade att det bara var huset. Jag förklarade att vi hade för avsikt att gå ner och ta en närmare titt. Han föreslog att vi skulle vänta på honom och kolla upp det tillsammans.

Efter att ha lagt på gick Jasper och jag in i köket och jag satte på vattenkokaren.

"Av alla hus i världen, varför just vårt?" frågade han.

"Jag tänkte precis samma sak, grabben." Jag tänkte också på försäkringsbolaget och vad de skulle säga. Först den trasiga vindrutan och nu ett raserat hus. Jag hällde vatten i snabbkaffet och vi satte oss ner.

"Om det var gjort av jade skulle vi vara stinkande rika", sa Jasper.

"Ja, kineserna kallar jade för himlens ädelsten."

Vi smuttade och gick runt och tittade ner, värmen strömmade från den. Stigande. Jag undrade om det kunde vara tillräckligt varmt för att sätta eld på resten av huset. Jag bestämde mig för att ringa brandkåren.

***

Vår dörrklocka började ringa med oväntade gäster kort därefter. Det var inte poliserna eller brandkåren. Det var våra grannar. De hörde kraschen, samlades och kom för att undersöka saken (och för att se om vi var okej.)

De trängde sig in och såg att både Jasper och jag mådde bra.

"Det är verkligen varmt här inne", sa Artois från andra sidan gatan. Han var känd för att säga det jävligt uppenbara.

"Vad är det?" frågade hans fru och tittade in i hålet.

"Din gissning är lika bra som min", sa jag.

"Polisen är här", sa Jasper och gick för att släppa in dem.

"Gå tillbaka till era hem", krävde konstapel Marshall, men ingen rörde sig.

Brandmännen anlände med slangar redo. De följde värmen och sprutade på föremålet från ovan. Istället för att bli svalare väste det och spottade. Mer ånga kom ut. Det blev varmare, så varmt att våra kläder smälte.

"Dra er tillbaka! Dra er tillbaka!" Officer Marshall krävde det. Killarna med skyddskläder kunde inte känna värmen som vi kunde. Inom några sekunder upphörde de med vattenattacken.

Precis då kom försäkringsbolagets representant, "Whoa!" sa han.

Det var det sista jag hörde.

***

Jag vaknade i sängen med täcket uppdraget till halsen, säker på att jag just hade haft en mardröm om en grön sak som föll ner genom taket. Jag gick ut för att undersöka saken.

I vardagsrummet såg jag en gigantisk skopa som sänktes ner i hålet med avsikten att lyfta ut den gröna kratern ur mitt hus. Det lät som en bra plan.

Tingens mun öppnades, stor, större, sedan så stor som den kunde bli. Den gick in under saken med käftarna redo och klämde åt.

"Alla system redo!" ropade någon.

Apparaten vred sig och knakade. Den sjöng ut och gav sedan efter med en suck och en bruten käke. Metalltänder böjdes och vreds när det som fortfarande satt fast i lyftanordningen drogs upp igen.

"Vad gör vi nu?" frågade jag.

"Ma'am", sade konstapel Marshall, "varför tar inte du och din son in på ett hotell i några dagar? Du kanske till och med har en försäkring som täcker det."

"Guds vilja", sa jag.

"Min svåger är försäkringskille och jag frågade honom om det. Han sa att de flesta försäkringar täcker meteorer, så om vi kan avgöra om den här saken är en meteor, så kommer allt att täckas."

"Och vem bestämmer vad det är, eller inte är?"

"Vi har kontaktat någon som kanske kan ge oss råd eller peka oss i rätt riktning."

Jag satte mig i min favoritstol — utan undantag min lilla bit av frid i kaos.

***

När ingen tittade gick jag ner för att ta en närmare titt på saken. När jag kom närmare verkade det finnas ett ljud, hummande eller surrande som blev starkare ju närmare jag kom förutom värmeökningen. Det fanns också en lukt som fick mig att hålla handen för näsan.

När jag stod bredvid kom en känsla över mig som om allt hade vänts upp och ner. Faktum är att när jag tittade upp speglades gästerna som stod i vardagsrummet nedanför som om deras kropp var på översta våningen och deras skugga nere svävade genom golvet med mig. Det var en märklig känsla, som om jag var där nere men inte ensam.

De skuggliknande sakerna var spegelbilder med gröna ljus, energi som ledde till objektet. Jag studerade gästerna på övervåningen och deras motsvarighet nere; när de rörde sig rörde sig också deras skuggliknande energi.

Jag gick runt en av strålarna och närmare den fallna massan och värmen avtog. Om jag följde mönstret med skuggenergierna kunde jag komma närmare det fallna föremålet.

När jag undersökte det närmare drogs jag till slitsar på föremålets yta. De var formade som ögon, men det fanns varken pupill, ögonlock eller ögonfransar. Efter att ha cirkulerat runt den kände jag mig yr.

För att hålla mig lugn lutade jag min arm mot väggen. I nästa ögonblick hade väggen flyttat på sig och jag var utanför mitt hus. Väggen i min källare hade blivit ett vändkors.

Förutom gräset såg ingenting på baksidan ut som det borde. Skjulet var borta och det var även cykelstället och min sons cykel. En annan sak var att alla grannarnas hus var borta.

Jag började gå och önskade att jag hade ett rep fäst vid huset att hänga i om jag skulle gå vilse,

Jag tittade upp och det fanns ingen sol och ingen himmel. Det som hade ersatt dem var bara grönt ovanför och runt omkring, förutom träden. Träden var grenlösa, bara stammar som sträckte sig upp mot himlen.

Jag nypte mig i armen för att försäkra mig om att jag var vaken. Det var jag.

Jag vände mig om och tittade på mitt hus. Det inträngande objektet var synligt, halvt inne och halvt ute.

För ett ögonblick ville jag vända tillbaka tills en känsla kom över mig. Jag kände för att sjunga och det gjorde jag. Tom Jones "The Green, Green Grass of Home".

Jag gungade och dansade med mig själv, det var som om jag svävade på ett moln. Sedan tänkte jag på en hand, min man Luthers hand.

Jag slängde mina armar runt hans hals och han gjorde detsamma runt min.

Vi kysstes och vi dansade.

När sången var slut bugade han sig, gav mig en kyss och försvann.

Jag torkade bort en tår.

***

Jag kände mig mer ensam nu än den dag han dog, jag slog armarna om mig själv och gick mot huset.

När jag var tillbaka inne igen drogs jag till föremålet som verkade röra sig och brumma. Något annat var att det roterade motsols.

På övervåningen hörde jag ett skrik följt av en krasch. En kropp föll genom hålet, förenades med sin skuggas energi och kom sedan till vila på objektets yta. Mannens kött fräste och spottade, tills allt som återstod var en X-form där mannens armar och ben hade spretat.

Min mage kurrade när jag tog mig upp för trappan.

***

De tomma ansiktena sa allt.

Jag gick till Jasper och frågade vem mannen var. Han förklarade att det var en kameraman från lokaltidningen. Han hade försökt få den bästa bilden men lutat sig för långt in.

"Ut med er allihop!" krävde Marshall. Den här gången tog han inte nej för ett svar.

Jasper och jag hade vårt hem för oss själva igen, vad som fanns kvar av det i alla fall.

***

Polisman Marshall och ytterligare två poliser var stationerade på framsidan av mitt hus.

Ytterligare två poliser anlände och var stationerade runt baksidan.

De spärrade av området med tejp. De tvingade nyfikna grannar att korsa gatan.

Jasper och jag drog för gardinerna och tittade ut precis när en procession av svarta fordon skrek till och stannade. Dörrarna öppnades samtidigt som i en scen från Men in Black. Svarta kostymer. Ray-bans.

"Kära nån", sa konstapel Marshall. "Jag tror att experten vi kontaktade kan ha tagit in myndigheterna."

"Jösses, det har han verkligen gjort", sa jag.

"Whoa", utbrast Jasper när han fick syn på den enda kvinnan i följet.

Hon var klädd i en röd tvådelad kostym med skräddarsydd kavaj och kjol över knäet. Under kavajen bar hon en vit blus med öppen krage och ett halsband med ett diamanthjärta. Som kronan på verket hade hon ett par röda klackskor på sju tum och en matchande handväska.

Männen höll tillbaka när kvinnan gick uppför trappan.

Hon var helt klart ledaren för flocken.

Jasper och jag gick till entrén, tillsammans med Marshall och de två andra poliserna. Vi bildade en halv hästsko.

Kvinnan visade sin legitimation. Hon var från Homeland Security och hon hade en annan agent med sig. Det fanns två från F.B.I. Två från C.I.A. Två från Department for the Protection of Aliens. Två från Secret Service.

"Var är den?" krävde kvinnan. Hennes namn var Charlotte Cassidy. Hon tog av sig sina mörka solglasögon och hennes korpsvarta hår kontrasterade omedelbart mot hennes blå ögon. I handen bar hon ett föremål som tickade. "Den är inte så stor som jag föreställde mig att den var." Hon närmade sig hålet med apparaten utsträckt och det blev tyst.

"Strålningsdetektor?" Jasper viskade.

Jag ryckte på axlarna.

C.I.A.-mannen, Frank Dune, satte på sig sina solglasögon och tog av dem igen trots att han var inomhus. Det var väldigt irriterande. Hans partner, Jake Flatts, armbågade honom och sa åt honom att lägga av. "Ma'am, vad vet du om det här föremålet?"

"Det föll genom mitt tak. Det är löjligt varmt. Det brummar, ibland surrar det. De försökte använda en gaffeltruck för att få ut det härifrån, men den gick sönder." Jag gick närmare och gjorde en rörelse för att förklara om den X-formade formen som den döda killen lämnat efter sig.

"Den är borta", sa Jasper.

"Vad är borta?" frågade Charlotte.

Konstapel Marshall stämde in. "En fotograf föll i och smälte på den. Det hade funnits ett avtryck av hans kropp, i form av ett X, men det är inte längre synligt."

"Kanske var det aldrig där?" sa hon.

"Det var absolut där", sa jag, "vi har massor av vittnen."

"Jesus!" sa en av killarna från Department for The Protection of Aliens (T.D.F.T.P.O.A.). Han hette Alex Greene och ville gärna åka ner och se det.

Charlotte tog täten och föreslog att gruppen skulle dela upp sig. Hon pekade ut vem som skulle stanna kvar på övervåningen och vem som skulle gå ner med henne. Jag ingick i den senare gruppen.

Alex Greene och hans partner Jessie Filtch var uppenbart besvikna över att de inte fick vara med, men Charlotte tyckte att det var bäst för henne och hennes team att ta sig till faran först innan de andra släpptes lösa.

***

När jag nådde den nedersta trappan och hade gått långsamt så att jag kunde tänka på vägen — ibland har det sina fördelar att vara gammal — undrade jag om jag skulle berätta för dem om dansen med min man. Jag insåg att jag borde göra det, även om det egentligen inte angick dem.

Jag märkte genast en förändring i objektet. I två av de ögonliknande skårorna fanns två riktiga ögon. Färgen var dock inte mänsklig, eftersom det fanns gröna fläckar i bakgrunden och i stället för pupillen fanns något eldrött. Jag flämtade till och gick vidare.

När jag hade återhämtat mig förväntade jag mig att gästerna skulle bli förvånade eller åtminstone intresserade av skuggorna som kom från människorna på övervåningen. Konstigt nog verkade de inte märka något.

Charlotte var upptagen med att vifta med sin inte längre tickande ticker. Hon kom närmare mig. "Vad är det egentligen som oroar dig med den här saken? Jag tycker att den verkar helt ofarlig."

Jag räddades från att säga något jag skulle ha ångrat av P. G. Willow ("Penguin" förkortat) — den nationella säkerhetsrepresentanten. "Kan du vara lite känslig? Den här kvinnans hus har invaderats och slagits sönder och samman." Han pausade, "Har du tänkt på att den kanske kan kläckas?"

"Det är inte ens i form av ett ägg", svarade Charlotte efter att ha hånskrattat.

"Ett ägg som vi känner det", svarade Penguin.

Charlotte himlade med ögonen.

"Det som oroar mig," sa jag och försökte att inte låta för arg när jag kände mig arg, "är inte så mycket den här saken, utan alla ni som trampar genom mitt hem. Varför är ni här egentligen? Varför är inte killarna från Department for the Protection of Aliens här nere istället för F.B.I, C.I.A. och Homeland Security?"

"Det är väldigt varmt", sa Charlottes man vid disken från Homeland Security. Han hette Brad Hitt och var bra på att säga det jävligt uppenbara, precis som min granne hade varit.

Jag vandrade runt och försökte dra uppmärksamhet till skuggorna. Gick in och ut ur dem. Det var ingenting.

Var jag den enda som kunde se dem?

"Vad är det för luckor i ytan?" frågade Hitt.

Jag gick in och frågade honom vilka. Jag undrade vad han kunde se och inte se. Han sa att det var hundratals eller tusentals tomma, slitsliknande saker. Sedan sträckte han ut handen och skulle ha rört vid saken om jag inte hade stoppat honom i tid.

"Försöker du ta livet av dig?"

Charlotte fyllde i, "Jag tror att vi har sett tillräckligt. Saken behöver kylas ner. Ring brandkåren. När de har kylt ner den kan vi rulla ut den härifrån. Lätt som en plätt."

Jag berättade för henne vad som hände när brandkåren försökte med det.

Charlotte talade direkt i sin telefon: "Föremålet i fråga värms upp när man häller vatten på det. Jag upprepar, det värms upp snarare än kyls ner när kallt vatten hälls på det." Hon gick genom rummet. Vi följde alla efter.

"Vänta lite", sa Hitt. Vi väntade allihop. "Glöm det", sa han.

Charlotte och hennes följe gick efter att ha gett oss specifika instruktioner:

#1. Ingen ny person är tillåten i huset.

#2. Lägg inte upp något på sociala medier eller någon annanstans utan hennes tillåtelse.

Sedan var de borta, med undantag för två.

***

Kvar var Alex Greene och hans partner, Jessie Filtch. De två killarna från avdelningen för skydd av utlänningar.

"Mamma, kan jag få prata med dig?"

Vi ursäktade oss och gick in på mitt kontor.

"Mamma, jag tycker att de här två killarna är idioter."

"Jasper, vilken sak att säga."

"Jag tycker att vi ska ringa någon, en expert. Som Sam och Dean i Supernatural. De vet vad de ska göra."

Jag skakade på huvudet. "Jasper, de är ju fiktiva karaktärer."

"Jag vet mamma, men det måste finnas några sådana killar i verkliga livet."

"Varför surfar du inte på nätet och ser vad du kan komma på?"

Jag lämnade Jasper på mitt kontor och gick för att hitta Alex och Jessie. De hade på sig någon konstig skyddsutrustning, inklusive uniformer och masker, och med de vapen de bar på såg de ut som Ghostbusters.

Jag förväntade mig att visa vägen, men följde istället efter pojkarna. De släpade på så mycket extra grejer, rör och prylar. En av killarna tickade.

Killarna arbetade bra tillsammans, med en märklig osmos. Den ena visste vad den andra tänkte innan han kommunicerade. De gick nära föremålet och iförda skyddshandskar lade de sina händer på det. Deras dräkter gjorde jobbet — till en början. De utbytte blickar och gav varandra tummen upp.

Jag gick lite närmare och kände en konstig lukt. Det var något som brann. Först lyste Jessies handske upp och sedan Alex. De sprang över till diskhon och slet av sig sina sönderfallna handskar med den andra handen. Deras händer hade blivit brända, men det var inte så illa som det kunde ha varit.

"Whoa!" sa Jessie när han hade tagit av sig masken. "Den jäveln är hetare än helvetet."

Detta utbrott av sanning fick mig att skratta när Alex drog av sig masken. "Märkte du vad som hände?

De två männen tittade på varandra och sedan på mig. Jag var inte säker på vad de syftade på så jag höll tyst.

"Ja, sa Jessie. "Ögonen."

Jag var förvånad över att de kunde se dem och sa det.

"Vänta lite", sa Alex. "Säger du att du kan se dem utan någon ögonutrustning?"

Jag nickade.

"Vad mer kan du se?" frågade Jessie.

Jag tvekade och sa att jag skulle vara strax tillbaka. De satte på sig huvorna igen och jag gick upp på övervåningen för att demonstrera skuggenergin. Jag väntade och förväntade mig att höra något från dem, som ett skrik av förtjusning, men hörde ingenting."

"Åh, du är tillbaka", sa de.

"Har du märkt något?"

"Får jag låna ert badrum?" sa Alex och gick upp på övervåningen.

Jessie satte på sig sin huva och när Alex kom tillbaka utbytte de blickar.

"Så du kan se skuggorna då?"

"Vi stack våra händer genom den", erkände Jessie. "Och vi kunde också läsa av den."

Jag flyttade mig närmare. "Håll mig inte på halster."

"Det är en glöd från joniserad luft, Rydbergatomer, därav den gröna färgen", sa Alex. "Det är svårt att förklara eftersom det vanligtvis bara förekommer i rymden eller på platser som norrsken. Det är extremt sällsynt, jag menar det är helt okänt i någons källare."

Jag hade munnen gapande öppen. Jag stängde den.

"Aluminiumbaserat", förklarade Jessie. "Inte giftigt eller farligt. Vi tror att föremålet är här av en slump, från långt, långt borta. Med tanke på föremålets storlek och form, för att inte tala om dess vikt, kommer det inte att bli lätt att skicka tillbaka det. Faktum är att vi förmodligen inte har tekniken för att göra det."

"Jag behöver en drink", sa jag.

När jag var på väg upp för trappan frågade Jessie, "Hur blir det med väggen?"

"Förutsatt att hon kan se den", sa Alex.

Jag låtsades att jag inte hade hört dem och fortsatte. Sedan kastade jag tillbaka en shot whiskey.

"Mamma?"

"Jag är i köket, älskling."

"Jag hittade två killar, som Sam och Dean. De kör hit nu, ungefär fyrtiofem minuter bort, med hjälp av sin GPS. Jag hoppas att du inte har något emot det, men jag erbjöd dem en löpande räkning. Upp till hundra dollar för att täcka deras utgifter."

Jag log. "Det låter bra."

"De har en hemsida och massor av vittnesmål och erfarenhet av det övernaturliga, det ockulta och det alieneska."

"Bra jobbat, Jasper. Låt mig veta när de anländer. Under tiden ska jag hålla de två gästerna på nedervåningen upptagna."

"Är du okej, mamma? Du ser lite trött ut?"

"Jag är trött, men samtidigt glad över det.

"Jag också!"

***

Jag återvände till källaren och bekräftade att jag kunde se den.

"Har du gått igenom den? Till andra sidan?" frågade Jessie.

"Jag gick över och lutade mig mot väggen så här." Jag demonstrerade och gick återigen rakt igenom. Pojkarna hade redan tagit på sig dräkterna och följde efter.

"Hur är luften?" frågade Jessie.

"Den är frisk och vacker."

De tog av sig sina masker.

"När lade du först märke till tomrummet?" frågade Alex.

"Egentligen inte, jag bara lutade mig in i det av en slump."

"Det ser väldigt konstigt ut med all denna gröna himmel", sa Alex. Han rörde vid gräset och sa att det kändes konstgjort.

De gick i motsatt riktning mot där jag hade gått tidigare. Jag följde tätt efter. Vi gick en lång stund och lyssnade noga på tystnaden. "Varför kallade ni pojkar det för tomrummet?"

"Han skojade bara", sa Jessie. "Tomrummet är vad de kallar något liknande i spelvärlden eller den virtuella verkligheten. Vi är inte säkra på vad det här är ännu, men vi känner att den här världen är den värld som ditt föremål härstammar från."

"Faktum är", tillade Alex. "Den där saken skulle vara kamouflerad här, som en kameleont."

Jag hörde en hög vissling. Intressant att notera att jag kunde höra ljud inifrån mitt hus på denna andra plats. Alex och Jessie reagerade inte på ljudet när jag gick tillbaka till entrén och gick rakt in. Pojkarna var i hälarna på mig, men de kom inte in. Jag sträckte in handen i tomrummet (i brist på ett bättre ord) och drog sedan tillbaka den. Det var fyllt med en geléliknande grön substans. Jag gick in igen med båda händerna och sträckte mig desperat efter Jessie och Alex. Jag skrek deras namn genom väggen och försökte till och med trycka mig tillbaka igen, men det gick inte.

Jasper viskade högt.

"Ta ner dem hit Jasper, jag tror att vi behöver deras hjälp — NU."

***

Vår Sam och Dean var två unga grabbar, knappt äldre än Jasper. De var fullastade med utrustning när de tog sig ner för trappan. Den längste av de två hade blont hår och hette Bert (kort för Albert) och den andre ynglingen, som hade en arméfrisyr, hette Leo (kort för Galileo.)

Efter att vi utbytt några artighetsfraser förklarade jag om de saknade agenterna och tomrummet.

Leo talade i en mikrofon som han hade på sin telefon. Han beskrev föremålet inklusive storlek och dimensioner. Han bad mig förklara hur tomrummet fungerade.

Bert gick fram till det gröna föremålet för en närmare titt. Han sträckte ut handen och rörde vid föremålet innan jag hann stoppa honom. "Det är helt coolt", sa han. "Jag menar temperaturmässigt. Med tanke på Jaspers beskrivning av det tidigare, skulle jag säga att något har kortslutits."

Jag rörde vid den själv; den kändes exceptionellt mjuk och sval. Jag letade efter ögonparet, utan resultat. Jag undrade över skuggorna och bad Jasper att springa upp för trappan så att jag kunde kolla upp det. Det var ingenting. Bert och Leo tittade uppmärksamt på mig.

"Jag tror att den som äger den här saken måste ha en traktorstråle på den."

"Vi borde säga HADDE en dragstråle på den", sa Bert. "För den verkar inte ha fungerat."

"Kan jag komma ner nu?" Jasper frågade.

Jag bad om ursäkt för att jag glömt bort honom.

"Killarna på andra sidan, vad heter de?" frågade Leo.

Vi ropade på dem. Ingenting.

"Så det där med dragstrålen", sa jag, "den slutade fungera, så hur fixar vi den? Och om vi fixar den, kommer de att kunna rulla in den igen?"

"Om vi kan få tomrummet att öppna sig och sedan trycka igenom föremålet", sa Leo.

"Och få tillbaka killarna", tillade Jasper.

Jag skulle fortfarande ha ett stort hål i taket, men då kunde jag åtminstone få det lagat.

Tillsammans stod vi fyra på ena sidan av föremålet. "Jag räknar till tre", sa Bert och vi tryckte på med allt vi hade.

"Det var en smart idé", sa Bert när vi inte kunde flytta den ett jota. Han tvekade en stund och frågade sedan: "När ni var på andra sidan, kände ni då någon fara?"

Jag tänkte på saken. Jag hade inte det och sa det. "En sak", medgav jag. "Jasper, det här kommer att bli en chock för dig. Jag hade hoppats kunna berätta det för dig i enrum."

Jag berättade om dansen med min man. Oroligt frågade jag Jasper vad han tyckte om det. Han sa att han bara önskade att han hade varit där med mig.

"Frågade han om mig?"

Jag önskade att han hade gjort det, men det hade han inte. Allt hände så fort.

"Låt mig få en sak klar för mig", avbröt Alex. "Det var inte din man. Det var en manifestation av din man. Övernaturliga varelser kan läsa tankar, vissa kan frammana andar och till och med kopiera de levande."

"Men han kändes verklig, till och med luktade verklig."

"Det är precis vad de vill att du ska tro", sa Leo.

Utanför hörde jag hur bildäck tvärstannade.

"De är tillbaka", sa jag när vi gick mot ytterdörren.

"Fan också", sa Leo och Bert. "Vi har rätt att vara här. Vi ska ingenstans."

Jag öppnade dörren.

Vi stod stadigt på plats med en stark känsla av målmedvetenhet och beslutsamhet om att vi inte skulle flyttas.

***

Den här gången var det inte Charlotte som ledde flocken. Istället var det presidenten.

Han var längre än alla andra och klädd i en tjock överrock som accentuerades av ett par läderhandskar. Hans livvakter höll sig i närheten, talade i mikrofoner och var synligt heta.

"Herr president", sade jag med en knäböjning. Han sträckte fram sin obehandlade hand. Jag presenterade honom för Jasper, sedan Bert och Leo. "Välkommen till mitt hem, herr president."

Han bugade sig och kom in och frågade: "Så, var gick de igenom?"

Hur visste han det? Hade de buggat mitt hus? Jag var irriterad och sa det.

Charlotte kom fram med sin telefon utsträckt och tryckte på play. På hennes telefon fanns ett meddelande från Jessie och Alex.

"Heliga ko!" utbrast Bert.

"Varför tänkte vi inte på det?" frågade Leo.

"Det skulle ni inte nu, eller hur?" sa Charlotte med en opassande arrogans som presidentens höjda ögonbryn tydde på att han inte var nöjd med.

"Följ med mig", sa jag och ledde dem ner i källaren.

"Vänta lite", sa presidenten. "Hur kommer det sig att den här saken inte avger värme längre?" Han vände sig till Charlotte. "Jag tyckte du sa att den var glödhet."

Charlotte insåg att presidenten hade rätt och bad om en uppdatering.

"Det verkar ha hänt när killarna gick in i tomrummet", sa jag.

"Ring dem igen", beordrade presidenten, Charlotte försökte, men de svarade inte.

Bert sa till presidenten: "Vi funderade just på möjligheten att rulla ut den här saken härifrån nu när det är kallt. Om vi kan öppna tomrummet och få in pojkarna och få ut den, kan det betraktas som ett utbyte av god vilja."

"Till vem?" frågade presidenten.

"Till den som skickade hit den", sa Leo.

"Berätta mer", sa presidenten och snart hade Charlotte och hennes följe samlats runt omkring för att lyssna.

"Vi tror", sa Leo, "att den som den här saken tillhör måste ha haft en traktorstråle på den. Vi tror att dragstrålen krånglade — men i vilket fall som helst måste vi få ut de två killarna innan den slår på igen."

Presidenten skakade hand med Leo och Bert. Han vände sig till Charlotte. "Anställ de här två."

Pojkarna blev smickrade men avböjde erbjudandet och berättade sedan om sina tidigare erfarenheter av det övernaturliga, det ockulta och det utomjordiska. De berättade för presidenten om sina över fem miljoner träffar på YouTube och miljontals följare på sociala medier.

"Jaha, det var imponerande", sade presidenten. Han stoppade handen i fickan, tog fram två visitkort och gav dem till pojkarna. De gav i sin tur honom sina visitkort.

"Låt oss nu komma till sakfrågan", sade presidenten. "Hur vi ska få tillbaka våra killar och det pronto."

Jag lutade mig mot väggen, som jag hade gjort förut, och hoppades att jag skulle komma igenom, men den här gången gick det inte.

***

Vi lyckades flytta det gröna föremålet en aning, så att det var i position om tomrummet öppnades.

"Allt vi kan göra nu är att vänta", sa presidenten. Sedan kallade han över Charlotte, tackade oss för att vi varit enastående medborgare och lade sedan fram ett förslag om avfärd.

"Får jag be om en tjänst?" sa Bert.

"Visst", sa presidenten.

"Kan vi ta en selfie för vår webbplats?"

Ordföranden sa: "Inga problem" och de tog flera.

Vi gick upp på övervåningen och väntade på ett tecken. Vilken skylt som helst.

***

Dag blev till natt.

Ute visslade vinden och skakade takpannorna som om den tävlade mot sig själv. Jag blundade, skakade, tittade upp genom springan i taket och såg en ljusstråle i den stjärnklara natten.

Jag flämtade till och snart stod alla nära mig och tittade upp.

"Oj!" utbrast Leo. "Jag tror att det är traktorstrålen."

"Snacka om att stråla upp mig Scotty!" sa Bert.

Traktorstrålen kom ner, slingrade sig genom hålet, ner i källaren där den hakade fast i det gröna föremålet. Traktorstrålen var också grön, men den skimrade och skakade när den sträckte sig ut och tog tag i saken.

När den hade ett fast grepp tycktes den stanna och sedan starta motorerna. Ljudet var öronbedövande och vi höll för öronen när den först lyfte föremålet från väggen och sedan långsamt men stadigt mot himlen.

Vi kunde inte ta ögonen från det. Vi kunde ha varit i fara — ändå kunde vi inte titta bort. Det steg högre och högre och in i natthimlen. Vi gick ut för att se mer av vad som fanns i andra änden, men från alla perspektiv syntes ingenting förutom strålen från en grön linje som förde bort föremålet.

När det var helt borta, så högt upp att det var osynligt för blotta ögat, stannade vi kvar tillsammans och stod tysta tills jag sa: "Okej, föremålet är borta, men vad ska vi göra med Alex och Jessie? De är fortfarande fångade i tomrummet."

"Jag antar att vi behöver en plan B", sa Leo.

"Det överlåter vi till dig", sa Charlotte medan hon tryckte på snabbvalsknappen på sin telefon och informerade presidenten och sedan förklarade fallet avslutat. "Det finns inga säkerhetsproblem här, och inga utomjordingar." Hon och hennes följe packade ihop och begav sig till sina fordon.

"Vänta lite!" ropade jag. "Bryr du dig inte ens om dina män?"

"Collateral damage", sa Charlotte och smällde igen dörren till sin bil. De körde iväg.

"Jag antar att det är upp till oss", sa jag.

Bert och Leo tittade på varandra.

Bert sa: "Jag är ledsen, men vi vet inte vad vi ska göra eller hur vi ska få tillbaka dem. Vi ska också gå och sova lite. Vi ringer dig i morgon om vi kommer på något."

Jasper och jag var inte roade. Nu när objektet var borta gav sig alla av. Övergav oss.

Jasper gick till sitt rum och jag tog på mig pyjamasen och tänkte hela tiden på de försvunna männen. Jag försökte distrahera mig genom att läsa en deckare, men mysteriet under mitt eget tak krävde min uppmärksamhet. Efter två timmar gick jag upp för att göra mig en kopp te.

Jag skulle ha tagit på mig morgonrocken om jag hade vetat att det skulle komma besök.

****

Jag drack te och funderade på hur jag skulle lösa dilemmat och tittade upp mot stjärnorna medan en tår rann längs min kind. Två män var förlorade någonstans i tomrummet, utan familj, utan vänner, utan land. De hade varit modiga medborgare. De förtjänade bättre.

Jag tog ett chokladkex och skulle precis ta en tugga när jag såg en grön skimrande stjärna. En grön stjärna? Jag gnuggade ögonen, men den var fortfarande där och blinkade åt mig. Jag gick ut för att få en fullständig bild av natthimlen.

Det var ingen stjärna.

Den rörde sig, föll snabbt i min riktning och blev större och större.

"Åh nej!" ropade jag till ingen. Sedan ropade jag på Jasper och han kom springande. Jag pekade uppåt medan jag funderade på hur vi skulle göra om vi behövde ta oss ur dess väg.

När avståndet mellan dem och oss minskade kunde vi inte hålla tillbaka vår upphetsning och hoppade av glädje när saken stannade och där var de.

Två svarta paraplyer öppnades, Alex och Jessie tog tag i varsitt och deras nedstigning mot oss började. Iklädda dräkter gjorda av ett reflekterande material föll Alex och Jessie försiktigt mot oss.

Efter att ha landat mjukt sträckte de sig in i sina dräkter och drog ut två gröna flaskor. Efter att ha öppnat locket hällde de i sig innehållet. De klättrade ur sina dräkter och visade upp kläderna som de hade lämnat oss i. De stoppade tillbaka flaskorna och fäste dem vid paraplyerna.

Traktorstrålen hakade fast i paraplyerna och dräkterna. Vi vinkade när föremålen drogs upp mot himlen och tittade på tills vi inte kunde se dem längre.

"Välkommen tillbaka!" utbrast Jasper och jag.

"Jag skulle kunna mörda en kopp te!" sa Alex.

"Jag skulle föredra en shot whiskey", sa Jessie.

"Vilka var de?" frågade jag. "Eller ska jag säga VAD de var?"

"Allt i sin ordning", sa våra två återvändande hjältar unisont. "Men först måste vi ha kakor och dryck."

De anpassade sig till att vara tillbaka, medan jag dukade upp. Vi satt tillsammans vid middagsbordet och sippade. Väntade. De hade inget att säga. Inga frågor till oss, trots att det massiva gröna föremålet inte längre fanns i mitt hem.

Mitt tålamod började tryta, så jag bad dem berätta vad som hade hänt.

"Det var en kort semester", sa Alex.

"Ja, en betald semester", sa Jessie.

Jag ställde mig upp. "Vad menar ni med det? Var har ni varit? Vem hade dig? Var du fängslad? Hur var de? Hur lyckades du övertala dem att skicka tillbaka dig?" Jag satte mig ner igen.

Jasper fortsatte: "Och vad var den där gröna saken? Varför var den här? Fick någon stryk för att ha tappat den?"

Männen tittade på varandra med tomma ansikten. De hade ingen aning om vad vi pratade om. Snacka om aningslösa.

"Mamma, jag tror att utomjordingarna raderade deras sinnen."

"Jag håller med. Snacka om att börja om från början."

Det fanns inget annat vi kunde säga eller göra än att gå och lägga oss. Jessie bäddade ner sig i soffan, Alex i La-Z-Boy-stolen.

Alex hoppade upp. "Åh, innan jag glömmer det."

Jessie hoppade också upp. "Ja, vi har något till dig."

Jasper och jag tittade på varandra, det var som om de hade blivit provocerade eller chockade.

Jessie drog upp ett grönskimrande fodral ur sin ficka. Det böljade när jag tog det i min hand och kändes väldigt svalt. Jag öppnade det och kippade efter andan. Inuti låg min makes St Christopher's-medalj. Den som jag hade gett honom på vår första bröllopsdag.

Alex gav ett liknande föremål till Jasper. Inuti låg hans fars klocka. Jasper satte den direkt på sin handled. "Sa han något om mig?"

Alex sa: "Han ser dig varenda dag, er båda två. Det är sant som de säger, de som vi älskar är aldrig långt borta från oss."

Både Alex och Jessie hoppade till, den här gången unisont. "Vi måste gå."

"Vad gör vi nu?" frågade jag. "Är ni okej?"

"Ja", sa de tillsammans. "Vi har något att överlämna till presidenten. Nu."

En bil stannade utanför och de åkte iväg.

***

"Vi måste överlämna det till honom själva", krävde Jessie och Alex.

Det var mitt i natten, men presidenten gick med på att träffa dem.

När de kom in i Ovala rummet satt presidenten och hade på sig sin silkesbadrock.

"Vad har ni två åt mig?" frågade presidenten.

Tillsammans presenterade Jessie och Alex föremålet för honom. Det var en exceptionellt stor grön knapp. På den stod följande ord: "PUSH ME. JUST DO IT."

"Vad kommer att hända?" frågade presidenten.

"Det vet vi inte."

"Jag måste fråga någon, någon av mina rådgivare. Jag kan inte bara..."

"Men du är ju presidenten", sa Jessie.

"Ja, du kan göra vad som helst, eller hur?"

Presidenten lade den gröna knappen på sitt skrivbord bredvid den röda knappen. Tillsammans såg de ganska juliga ut.

Jessie och Alex sa: "Utanför. Utanför. Utanför."

"Okej pojkar, okej," sa presidenten. "Nu går vi."

Väl ute kunde presidenten inte vänta med att trycka på knappen och det gjorde han.

Himlen förvandlades från blå till grön när en traktorstråle täckte landet från kust till kust och drog upp varenda AR-15.

EPILOG

Långt, långt borta, på planeten med den gröna himlen och den gröna jorden men där träden bara var stammar, återanvände utomjordingarna de jordiska material som de hade samlat in.

AR-15-gevären formades till grenar.

Flaskorna hängdes från grenarna och visslade i vinden.

Paraplyerna gav skydd mot regn och sol.

När utomjordingarna behövde fler AR-15 lyste de upp knappen och presidenterna tryckte alltid på den.

DARRYL OCH JAG

S AMMA DAG SOM JAG fick veta att jag var gravid dog min man.

Jag befinner mig i en krigszon. Jag är inte ensam. Mitt barn är med mig, inuti mig.

Jag korsar armarna över min bebis och skyddar barnet när jag går längs gatan medan bomber exploderar runt omkring oss. Jag försöker hitta skydd för oss, men bomberna kommer närmare och närmare.

Jag är vilsen, men inte rädd. Mitt barn sparkar på min hand för att lugna mig. Vi knyter an till varandra medan resten av världen sprängs i bitar.

Jag stannar och tittar på mig själv i en spegel mitt på gatan. Jag har på mig en klarröd klänning med matchande röda skor och svarta strumpor. Jag fluffar till mitt hår, sträcker mig ner i handväskan efter lite läppstift. Jag gör ett kyssavtryck på glaset och kastar sedan huvudet bakåt och tar en selfie. Jag lägger upp den på Instagram. Eller försöker göra det. Jag är inte säker på om jag har tillräckligt med barer.

Jag hör en siren skrika. Den kommer i min riktning. Den är på väg mot spegeln. Jag sträcker mig för att ta tag i den, men en hand tar tag i min. Jag skriker. Sirenen skriker.

"Gå in. Är du galen? Gå in!" säger ambulansföraren på ett språk som jag varken kan eller förstår. Tack och lov finns det undertexter.

Jag tvekar innan jag klättrar in. Jag måste hitta Darryl. Darryl är här någonstans och vårt barn behöver sin pappa. Darryl letar efter mig och vi letar efter honom. Vårt barn är magneten. Radarn. GPS:en.

Jag kastar huvudet bakåt och ropar hans namn högt och tydligt, "Darryl!" Jag lyssnar och ropar igen. Jag ropar hans namn och lyssnar. Ambulansföraren säger att jag är galen och lägger i backen.

Ambulansen träffar spegeln och en bomb exploderar. Bitar flyger överallt.

Det är fruktansvärt mycket blod på glasbitarna.

Jag vaknar och skriker.

***

Jag hade samma dröm varje natt efter att Darryl hade dött. Jag återupplevde hur det hade gått till, trots att jag inte var där. Det var ett rutinuppdrag som en del av FN:s fredsbevarande styrka.

Det är en hanteringsmekanism, att drömma om det, att leva med det. Att försöka hitta mannen jag älskar när vi begravde honom. Begravningen var vacker. Jag var så stolt över Darryl. Han gav upp sitt liv för saken och jag förstår det. Jag beundrar honom för hans hängivenhet, för det gjorde honom till en bättre människa.

De draperade flaggan över hans kista. Jag kastade två nävar jord i marken och föll sedan på knä och snyftade. Min mamma och andra, inklusive mina vänner, försökte hjälpa mig, men jag skrek bort dem. Jag ville vara ensam med Darryl. Jag ville berätta för honom om barnet.

Vårt barn.

Jag tänkte inte gå förrän jag hade fått chansen att ta farväl. Jag lade mig ner bredvid den öppna graven på mage och vilade huvudet på mina armar. Jag berättade för honom hur mycket jag älskade honom och tog farväl innan jag gav honom en kyss och reste mig upp.

Mamma var vid min sida och det var Moni också då. Var och en tog en av mina armar och drog ihop mig igen. Vi gick till bilen.

På vägen hem kände jag Darryls närvaro. Hans armar lindade sig runt mig. Håret reste sig på mina underarmar, jag kunde känna lukten av honom. Jag kunde känna honom.

Sedan var han borta.

Hemma innanför dörren väntade en avlångt formad låda på mig med en rosett över mitten. Jag ville fråga vad den gjorde där, men sorgen i rummet svepte iväg mig. Jag svävade från person till person och tog till mig deras "jag är så ledsen" och "det blir bättre med tiden"-klyschor. Det vanliga skitsnacket efter en begravning.

När de hade gått kände jag mig tom.

Mamma stoppade om mig i sängen, som hon brukade göra när jag var en liten flicka.

När hon hade stängt dörren bakom sig höjde jag mina knutna nävar mot himlen för att de hade tagit Darryl.

Sedan föll jag på knä i tacksamhet för vårt barn som växte inuti mig.

***

Jag vaknar och stirrar på det tomma utrymmet bredvid mig och torkar bort dregel från mungiporna. Dörrklockan ringer. Jag kastar tillbaka täcket och kliver ut på golvet. Innan jag ens hunnit ut ur vårt rum kommer min rumsmamma flygande mot mig med öppna armar.

Jag måste be henne om att få tillbaka nyckeln.

"Jag var så orolig", säger hon, kramar om mig och får mig att känna mig som en liten flicka igen. Hon tar ett steg tillbaka och tittar på mitt ansikte.

Jag skjuter håret bakom mitt vänstra öra och försöker le. Jag pekar i riktning mot köket och när jag kommer dit fyller jag kaffekannan med vatten. Jag öppnar diskmaskinen för att hålla mig sysselsatt medan kaffemaskinen spottar bakom mig. Mamma stänger diskmaskinens lucka, trycker på de nödvändiga knapparna och sätter mig i en stol där hon inte ger mig något annat alternativ än att sitta.

Hon sitter på Darryls plats och jag sitter på ingens plats. När hon inser det flyttar hon till den andra ingenmansstolen. Hon hoppar upp innan jag hinner och häller upp kaffe. Jag häller grädde och socker i mitt och tar en klunk. En klunk räcker. Jag springer till badrummet. Jag har glömt att kaffe har utlöst morgonillamående hos några av mina vänner.

När jag återvänder till köket har mamma gjort en kopp koffeinfritt kamomillte. Det är tänkt att lugna ner mig.

Jag sitter och sippar på den bittra, varma drycken och ser på när mamma rör sig i mitt kök som en person på ett uppdrag. "Jag ska göra rostat bröd till dig", säger hon och det dyker upp nästan på beställning. Mamma använder kniven för att skära ner skorporna, ännu en flashback till när jag var en liten flicka. Sedan breder hon på smöret och vänder sig om för att titta på mig.

Mamma lägger på lite jordgubbssylt och går in i kylskåpet. Hon tar fram ostblocket som hon strimlar över min rostade brödskiva. Hon lägger tillbaka den på brödrosten (med sylt- och ostsidan uppåt.) Hon trycker ner knappen för att låta den rostade mackan värmas upp i några sekunder.

Det här är ännu en ritual från min barndom och jag är tacksam för att hon är här.

Mamma skär toasten i trianglar och jag kan inte tro hur underbart den smakar när jag biter i den. Jag äter båda skivorna och dricker sedan lite mer te eftersom det inte smakar lika bittert nu när hon har hällt i några skvättar honung. Hon tror att jag inte märkte det. Jag tar mammas hand och tackar henne än en gång.

Barnet är inte längre hungrigt.

Bebisens mamma är inte längre behagligt avdomnad.

Barnets mormor känner sig inte längre värdelös.

Mamma städar och babblar på om ditt och datt. Jag lyssnar utan att uppskatta hennes försök att distrahera. Jag låter henne tro att det fungerar, hennes distraktionstaktik. Ärligt talat kan jag inte hänga med i hennes tankegångar och tempo. Det känns som om jag lyssnar på henne från under vattenytan.

Hon skrattar. Jag hoppar. Jag är tillbaka där mina tankar var. Jag åkte någonstans i en blixt. Jag kände mig själv försvinna.

Jag var en liten flicka som gömde mig under trappan. Sedan gick jag uppför trappan och in i garderoben där det var väldigt mörkt. Ärmarna på min pappas skjorta rörde sig. Jag sprang ut och avslöjade mitt gömställe. Jag blev upptäckt.

"Jag minns den tiden", säger mamma och för mig tillbaka till nuet. Det är som om hon berättar historien för första gången. "Du brukade gömma skorporna när du var en liten flicka. Innan jag började krossa dem med en kniv hittade vi dem i fickor, i planteringar. Ah, de i planteringskärl. De sög upp vattnet och dödade en del av växterna innan vi förstod vad du höll på med."

"Dödade växterna", härmar jag.

Hon kommer fram till mig, går ner på knä och frågar: "Hur mår du, älskling?"

Jag skrattar nästan åt hennes löjliga fråga, men fångar mig själv innan jag gör det, innan jag säger: "NEJ, JAG ÄR FAN INTE ALL RIGHT." Darryl. Jesus Darryl. Jag skjuter tillbaka stolen, skapar utrymme mellan mamma och mig och ställer mig upp. Jag är som en zombie. Men jag behöver inte livnära mig på människokött. Jag vill ha Darryl. Jag ler när jag upprepar behovet av att äta behovet av att äta behovet av att äta igen i mitt huvud.

Nu när jag står borde jag röra på mig. Mina fötter vill gå någonstans, var som helst, och ändå gör jag precis tvärtom. Jag sätter mig ner igen. Mamma gör likadant. Hon smuttar på sin kopp kaffe, som förmodligen är iskall vid det här laget.

Jag ställer mig upp och säger: "Jag är trött", trots att jag precis vaknat och vet det. Hon vet det. Ändå bryr jag mig fan inte. Jag går tillbaka till vårt rum, mitt rum, mamma följer efter. När hon kommer ikapp lägger hon sin högra hand på min höft som om hon behövde guida mig. Som om jag skulle kunna gå vilse på vägen.

Vid dörren vänder jag mig om och möter henne. Hon har tårar i ögonen, men de rinner inte över. Hon vet hur det känns att förlora en make eftersom hon förlorade sin pappa, men det är inte samma sak. De hade ett helt liv tillsammans. De hade varandra i trettiosju år innan pappa dog. Vi var bara gifta i två och ett halvt år. Darryl kommer aldrig att få träffa sin son eller dotter. Jag vill säga det, men jag gör det inte.

Jag tror att hon vet vad jag tänker, även om jag inte vet säkert. Det är den där mor-dotter-osmosis-grejen. Hon kysser mig på pannan när hon stoppar om mig i sängen. Hon går ut och stänger dörren efter sig.

Jag kliver upp ur sängen igen, går till spegeln och tittar på mig själv. På fyrtioåtta timmar har jag åldrats med tio år. Trots att jag har sovit det mesta av tiden är påsarna under mina ögon enorma. Det ser ut som om jag har gråtit hela tiden, men sanningen är att tårarna redan har tagit slut. Mitt ansikte ser inte längre ut som jag. Jag är en främling, till och med för mig själv.

Jag häller lite vatten och stänker det i ansiktet innan jag blöter ner varmt vatten i en ansiktsduk, Darryls. Jag håller den över mig själv för att andas in honom.

Jag hittar hans badhandduk, tar av mig kläderna och sveper den runt mig. Den omsluter mig och värmer mig som om jag vore i hans armar. Jag sitter så här i vad som känns som en evighet. Som om han håller om mig. Inga tårar rinner. Det finns inga tårar kvar att gråta. Det är som om Darryl lindar sig runt oss. Håller oss samman, oss tre, Darryl, bebisen och jag.

När mamma knackar på dörren kommer jag tillbaka till nuet. Jag måste ha somnat. Jag reser mig för snabbt när dörren flög upp. Darryls handduk hamnar på golvet.

Mamma och grannen går in i rummet och jag tar tag i Darryls handduk i tid och döljer min nakenhet. Jag börjar fnittra och kan inte sluta.

Mamma och grannen ser oroliga ut. Grannens ögon är som utbuktade ur hennes huvud. Snart kommer de att ringa männen

i de vita jackorna och be dem komma och hämta mig om jag
inte tar mig samman.

***

Det är min bröllopsdag och jag går nerför gången på min
pappas arm i en stor kyrka. Jag vet att jag drömmer, för pappa
har aldrig följt mig till altaret. Han var redan död när Darryl
och jag gifte oss, och Darryl och jag gifte oss inte i en kyrka.
Elton Johns "Your Song" är vår sång. Jag menar, det var Darryls
och min sång. Vi föredrog faktiskt Ewan McGregors version
eftersom vi älskade Moulin Rouge.

Pappa och jag hälsar på dem vi ser längs vägen. Mormor
Eleanor, som har varit död sedan jag var en liten flicka, ger
mig en kyss. Jag tar en blomma ur min bukett. Baby's breath,
hennes favorit. Jag ger den till henne.

Hon ler och en tår faller ner för hennes kind.

På andra sidan gången står min kusin Ruth. Hon och jag stod
varandra anmärkningsvärt nära när vi var barn. Nu träffas vi
sällan. Jag antar att hon tänker exakt samma sak som jag när
jag går förbi henne. Notering till mig själv: bjud över henne på
middag någon gång snart.

Där finns Darryls två yngre bröder, Dale och Donny. Deras föräldrar hade en grej med bokstaven D. Notering till mig själv: Fortsätt inte med den traditionen.

Jag ser min andra mormor, min mammas mamma. Hon kom inte på vårt bröllop. Hon och mamma håller varandra i handen och jag lossar mig från pappa i några sekunder för att gå och ge dem båda en stor kram. Mina knän viker sig lite när mormor sträcker ut handen, tar min hand i sin och släpper något i den. Jag sluter instinktivt mina fingrar runt det; även om jag inte ser vad det är kan jag känna att det är en nyckel. Pappa drar in min arm i sin och vi återgår till vårt spår på väg nerför gången.

Mina tärnor Trish och Moni (förkortning för Monique) står nära mig nu. De ser fantastiska ut i sina antikvita klänningar, men vänta, det var ju jag som bar antikvitt.

Pappa vänder sig om mig, tar bort min hand från sin arm och lägger den runt Darryls. Jag vänder mig om för att titta på min blivande make, men det är inte Darryl. Jo, det var Darryl en gång i tiden, men nu är det inte det längre. Han är död. Han är ett ruttnande lik.

Jag skriker när det gröna slemmet väller ut från hans läppar när han försöker le. Jag är inte den enda som skriker.

Alla skriker.

Allt skriker - till och med maskinerna.

Jag öppnar min hand.

Jag sväljer nyckeln.

Glasbitar splittras överallt.

***

Jag öppnar ögonen. Jag är inte hemma, utan på sjukhuset. Jag hör tickande hjärtslag. Pipande. Viskningar. Jag blundar igen. Jag låtsas sova.

"Ingen förändring."

"Kan inte ge upp."

"Hur blir det med barnet?"

Barnet. De två orden tar mig tillbaka till verkligheten och jag försöker sätta mig upp men upptäcker att jag inte kan.

När jag inte kan röra mina armar eller ben skriker jag. Jag tar tag i min mage, min bebis, vår lilla, och upptäcker att bebismagen är större nu. Hur länge har jag sovit?

"Mamma?"

"Åh, älskling! Älskling", säger hon. "Du kommer att bli bra", ropar hon, men jag tror henne inte. Inte ett enda ord.

"Hur länge har jag varit här?" Jag frågar, och mitt huvud är som en ekokammare när orden ekar i min skalle.

Hon kramar mig och håller om mig istället för att svara. När jag drar mig undan håller hon mitt huvud i sin hand och stirrar in i mina ögon som om hon försöker hitta mig.

Jag försöker att inte blinka men jag kan inte sluta. Hatar du inte när det händer? Så fort du försöker att inte göra något, sviker din kropp dig och får dig att göra det ännu mer.

Hon säger ingenting. Hon tror att jag inte kan hantera sanningen. Den där rösten i mitt huvud är Jack Nicholsons i A Few Good Men. Darryl älskade den filmen. Vi såg den så många gånger att jag tappade räkningen.

"Jag vill veta", hör jag mig själv säga, men som hon tittar på mig är jag osäker på om jag sa det högt eller i mitt huvud. Jag försöker igen, den här gången lite högre och hon reagerar.

"Låt mig", säger hon och går sedan för att strax återvända med någon som jag inte känner igen. De två rör sig runt i rummet som om de höll på att bygga upp en scen för en teaterpjäs. De viskar, tittar sedan på mig och viskar mer.

Så oförskämt.

Jag väntar, som om jag vore osynlig, och försöker att inte explodera.

Den främmande mannen sticker en nål i min arm och jag går iväg och tänker att sjukhuspersonal i gatukläder borde förbjudas.

Jag drömmer igen att jag går längs gatan och letar efter Darryl medan bomberna exploderar.

***

Bulan på mig är ännu större nu. Faktiskt märkbart större. När bebisen rör sig ser jag bitar av honom eller henne genom min hud. Lemmar som gör avtryck som att vända mig ut och in när vårt barn trycker mot väggarna i min mage.

Jag är inte längre på sjukhuset. Jag är hemma, sitter i en barnkammare och gungar i en amningsstol som inte gungar i ordets vanliga bemärkelse. Istället glider den fram.

Sovande får med zzzs runt huvudet står längs väggarna och väntar på att bli räknade. Jag börjar räkna, ler sedan och tittar på spjälsängen. Tiden står stilla, det måste den göra, för ingenting händer här, idag, nu.

Jag reser mig ur stolen, halvt vaken och halvt sovande. Jag rör vid mobilen och den börjar sjunga Frere Jacques. Jag sjunger med, samtidigt som jag plockar upp en filt med ett får på.

Jag viker filten mindre och mindre, tills den är en liten fyrkant. Sedan lägger jag tillbaka den i spjälsängen och får en glimt av mig själv i spegeln i hörnet.

En del av spegeln är synlig och en del är inte det eftersom något täcker den. Jag går närmare och lyfter av dammskyddet för att avslöja en skatt som har funnits i min familj i årtionden. En släktklenod som gått i arv från min mors mors mors mor.

Ramen är sval att ta på när jag drar fingrarna längs den. Den är av trä och graverad med par av sammanflätade händer. De sammanflätade fingeravtrycken känns ännu svalare att ta på. Jag flyttar min kropp närmare tills min babybula trycker mot glaset. Den rör inte vid glaset. Den går igenom det. När jag kommer närmare och närmare försvinner min babybula in i glaset.

Jag tar ett steg tillbaka och min babybula lossnar med ett sugande ljud. Min bebis sparkar och sparkar igen när jag går bort från spegeln och återvänder till stolen där jag hade börjat. När jag sätter mig startar mobilen igen och vi börjar glida i takt med den.

Mitt barn lugnar sig och vi sover.

***

"Vakna Cath," säger Darryl.

Jag rullar mot honom och kryper in till honom. Bebisen guppar mellan oss. Vi kan inte komma varandra så nära som vi brukade, men vi är närmare varandra på många andra plan.

Larmet går och jag kramar Darryls kudde, inte honom. Min bebis sparkar och jag går upp ur sängen för att vandra längs korridoren, halvvaken till badrummet där jag går på toaletten. Jag sätter på vattnet, ställer mig i duschen och låter vattnet rinna över mig.

Min bebis älskar vattnet och vi stannar där tills det varma vattnet tar slut och övergår till kallt. Nu är jag hungrig, slänger på mig morgonrocken och går ner för trappan när mamma kommer in genom ytterdörren. Hon måste ha ringt på klockan när jag stod i duschen. Notering till mig själv: be mamma att lämna tillbaka nyckeln.

"Jag har med mig presenter", säger hon. Hon slänger en hel låda med ismunkar på bordet, munkarna är fortfarande varma och luktar himmelskt. Jag stoppar en i munnen och hon en i sin. Vi kramar om varandra och äter en munk till innan vi bestämmer oss för att göra en kanna te.

Min bebis sparkar ut ett tack och mamma känner det själv. "Åh", säger jag när bebisen gör sin närvaro ytterligare känd genom att göra vad som känns som en kullerbytta inuti mig.

"Är du okej?" frågar mamma.

"Han är glad", säger jag.

Mamma lägger märke till att jag sa han. Hon nämner det inte. Istället berättar hon det senaste skvallret för mig.

Jag lyssnar av artighet, inte för att jag är intresserad av de lokala händelserna. Innan, jag menar innan jag träffade Darryl, bidrog jag genom att hoppa på skvallertåget. Ibland var jag till och med konduktören utan hatt. Ibland var jag vagnen. På ett eller annat sätt var jag alltid med på tåget. Jag lät skvallerkärringarna tjoa iväg mig.

"Har du sett barnkammaren?" frågar jag från ingenstans, medan hon är mitt uppe i en skvallermening.

Hon tittar på mig som om jag vore en främling. "Är du säker på att du är okej?" frågar hon, med en stor rynka i pannan i form av ett horisontellt frågetecken.

Jag inser att jag har sagt något konstigt, kanske till och med dumt. Jag vet inte vad det är. "Jag mår bra", säger jag och försöker försäkra henne om att jag gör det.

Jag ställer mig upp och hoppas att hon ska göra detsamma, men det gör hon inte. Istället tar hon en annan munk från lådan och tar en tugga.

Min bebis sparkar mig hårt. Som om han vill ha en munk till. Jag måste kissa och säger det. Mamma följer efter mig ner i korridoren.

"Jag möter dig i barnkammaren", säger jag.

"Okej", svarar mamma.

När jag kommer in i barnkammaren står mamma framför spegeln. Jag ställer mig vid hennes sida och går närmare och närmare glaset. Jag testar för att se om barnet kommer att gå igenom, som det gjorde igår, men det gör det inte. Ingen krusning. Ingen koppling. Har jag drömt?

När jag vänder mig bort börjar mobilen spela Frere Jacques helt av sig själv.

"Jag spolade tillbaka den, Cath", säger hon, "vi gjorde ett underbart jobb med inredningen, eller hur? Jag är så nöjd."

Jag minns inte att jag inredde och vill inte erkänna det. Hur kan jag ha glömt en sådan sak?

"Din farfars farfars farmor skulle vara så nöjd. Jag är glad att spegeln tillhör dig nu."

Världen börjar snurra och blekna. Jag rör mig framåt och ramlar nästan omkull. Mamma fångar mig och viker ner mig i stolen där jag glider fram och tillbaka, fram och tillbaka.

"Är inte spegeln rätteligen din?" frågar jag.

"Jo, men jag bryr mig inte. Den är perfekt i det här rummet."

När jag tänker på spegeln somnar jag. Mamma har gått. Det är mörkt här inne, förutom en lampa som fladdrar i hörnet en bit bort från spegeln.

Barnet sparkar. Han är rastlös. Jag reser mig och går mot spegeln. När vi kommer närmare blir ljuset starkare. Min bebis sparkar och rör på sig. Jag drar av mig filten och tittar på spegelbilden av min babybula, som kommer närmare och närmare. Bebisen sparkar ett field goal.

Min babybula stöter emot spegeln. Bebisen sparkar igen och minskar avståndet mellan bulan och glaset. När de två möts försvinner min babybula in i spegeln. Det finns en dragningskraft som drar in oss.

Jag står nu med näsan mot glaset. Jag trycker mig längre in tills hela mitt ansikte är inne. Mitt huvud följer efter. Min bebis rullar iväg in i reflektionen.

En stark vindpust tar fart någonstans bakom oss och trycker in oss ytterligare. Nu är tillräckligt mycket av mig inne för att märka skillnaden i luften. Höst. Löv. Det var vår där vi var och höst här. Hur kan det komma sig?

Jag kunde känna och lukta den svala luften som svepte omkring oss och välkomnade oss. En bris viskar över min hud som en beröring.

Min bebis kryper fram och tillbaka för att söka trygghet på andra sidan. Komfort inuti glasvärlden. Jag smeker min babybula för att känna mig trygg och min baby trycker tillbaka för att göra samma sak för mig.

Det är magnifikt där. Jag är mitt i en skog. Nej, jag är på en strand med sand, ren vit sand och vågor som brusar och brusar mot stranden.

Nej, jag är nära berg, höga berg med stigar som slingrar sig runt dem. Det är många världar som alla rullas in i varandra. Jag hör fåglar sjunga. Det är korpar, kråkor, blåskrikor, flamingos, kookaburras, whinchats, sparvar, härmtrastar och fiskmåsar. Jag kan känna smaken av havets salt på tungan.

Jag ropar "Hej" och min röst ekar runt, runt, runt. Min bebis dansar till ekot, kittlas och får mig att fnissa. Jag känner frid, ren och ljuv. Glädjer mig. Jag är hemma.

På andra sidan, bakom mig, är det något som drar mig tillbaka. Jag vill inte gå. Min bebis vill inte heller gå, men något griper tag i mig. Det sliter oss därifrån. Tillbaka.

"Vad i helvete gör du?" ropar någon. Deras röst är vinglig, förvrängd.

Jag hör orden, men rösten låter som om den är inuti ett moln.

***

Så fort vi är tillbaka vill vi åka igen. Vi vill vara där, existera där. Bara där och ingen annanstans.

Det är Moni och hon är väldigt arg på mig. "Vad tänkte du på?"

Jag säger ingenting medan jag tittar tillbaka på spegeln.

"Spela inte oskyldig mot mig", säger Moni. "Du var på resa. Jag menar i en annan dimension, eller hur?"

"Resa?" Jag härmar. Jag tänker på det en sekund, hur galen jag måste ha sett ut och säger: "Jag tittade på min spegelbild, vår spegelbild. Barnet och jag."

"Det mesta av dig var borta!" Moni skriker. "BORTA!"

Jag skrattar och försöker låtsas att hon inte hade sett vad hon hade sett. Försökte få henne att känna att hon var galen. Istället för mig. Jag hade varit där. Jag hade sett en annan värld. Jag korsar rummet, bort från spegeln, vänder mig om och går fram till spegeln. Jag knyter näven och sätter den rakt mot glaset och hoppas att inget ska hända, men det gör det inte.

Moni följer efter mig och gör samma sak. Sedan står vi ansikte mot ansikte och brister ut i skratt. Vi måste ha sett galna ut. Galna. Löjliga.

Bebisen sparkar.

Snart är vi nere på nedervåningen. Moni säger att mamma var tvungen att åka och att det var därför hon kom över.

"Jag behöver ingen barnvakt."

"Det har gått sex månader", säger Moni, "sedan Darryl dog, och vi är alla oroliga för dig och barnet."

"Barnet och jag mår bra", säger jag. "Vi saknar honom fortfarande varje dag, men det blir lättare." Det var en lögn.

"Jag vet vad vi ska göra i morgon", säger Moni. "Vi åker till stranden."

Det låter kul och jag håller med. Jag har dock inga planer på att ta på mig en baddräkt.

***

Vi anländer till stranden med en picknickkorg fylld med lunch och alla möjliga godsaker. Vi sparkar av oss skorna och låter sanden gnissla mellan tårna trots att det är långt ifrån varmt ute.

"Darryl och jag brukade älska att komma hit på sommaren."

"Han är med oss här nu och för alltid", säger Moni.

Moni har rätt, men det hindrar mig inte från att sakna honom. Jag vill ha mer än hans minnen. Jag vill ha honom här med sina armar runt mig.

"Jag saknar hans armar, att han håller om mig, hans andedräkt. Jag saknar allt om honom varenda dag."

Moni lägger armen om min axel.

"Det svåraste är", fortsätter jag, "att Darryl aldrig kommer att lära känna vårt barn och att vårt barn aldrig kommer att lära känna Darryl."

"Du vet inte vad framtiden har i beredskap för dig", säger Moni.

Jag vet vart hon vill komma med detta. Hon föreslår att jag ska träffa någon annan. Den tanken är inte värd att tänka på. Jag bar på Darryls barn för guds skull.

"Jag vill inte ha någon annan. Ingen kan någonsin ersätta Darryl eller det vi hade tillsammans. Dessutom är mitt hjärta för krossat.

Jag kommer aldrig att älska någon annan. Mitt hjärta tillhör Darryl och bara Darryl."

"Säg inte så. Du vet inte vad framtiden har att erbjuda dig. Kärlek kan hända mer än en gång. Se på min mamma. Jag menar, pappa dog, hon gifte sig med min styvpappa och fann kärleken andra gången. Det är inte samma sak. Det kan aldrig bli samma sak som din första kärlek, men det kan fortfarande vara kärlek. Det kan vara tillräckligt. Du måste vara öppen för det. De är lyckliga och det kan du också bli med tiden", säger Moni.

Sedan börjar jag springa, så mycket som en kvinna som är gravid i åttonde månaden kan springa, och jag går ut i vattnet. Temperaturen är kall men uppfriskande, och jag gillar känslan av svalka mot huden.

Moni knuffar sig in bredvid mig.

"Den här bebisen älskar vatten."

Moni lägger handen på min mage och barnet sparkar. "Det gör han verkligen", säger hon.

Vi står i vattnet upp till knäna och låter vågorna skölja över oss. Bebisen älskar det och gör några kullerbyttor.

"Tänker du berätta för mig om det?" frågar Moni.

"Jag är inte säker på vad du menar", säger jag.

"Jag menar det där med spegeln, vad ni gjorde? Var du ute och reste? Hoppade runt i världen?"

Jag tänker på det och bestämmer mig för att hon har rätt. Jag menar, genom spegeln hade jag och mitt barn liksom rest till en annan plats. En annan dimension. Musiken från The Twilight Zone ekar i mitt huvud.

"Och vad skulle du veta om det?" frågar jag.

"Jag tittar på filmer, läser böcker. Det finns till och med resor i Alice i Underlandet När jag gick in var det mesta av dig borta och det var uppenbart att det var i spegeln. Du var i spegeln. Så vad såg du? Eller såg du någonting?"

"Jag är inte säker på att jag vill prata om det", säger jag eftersom det är en hemlighet. Jag vill hålla den nära bröstet för tillfället. Det känns som att om jag erkänner det högt så kanske det försvinner. Jag visste att det lät dumt, men allt hade varit så konstigt och det hade bara hänt mig en gång. Två gånger för barnet, men en gång för mig. Jag vill vara där och göra det igen innan jag pratar om det med någon annan.

"Lova mig en sak", säger Moni när vi ser solen gå ner på vägen hem. "Lova mig att du inte går in ensam. Jag menar, utan någon på den här sidan som kan dra dig tillbaka."

Jag nickar som ett slags löfte, men jag är inte säker på att jag tänker hålla det.

"Jag skulle vilja sova över hos dig i natt, för att hålla dig sällskap", säger Moni.

Jag säger att det är okej eftersom jag är för trött för att göra något annat än att sova, utmattad av den friska havsluften. Min bebis rör sig inte ens inuti mig.

Jag tar på mig pyjamasen och somnar direkt. Jag drömmer om Darryl, letar efter honom, letar högt och lågt och överallt. Jag går och går och mina fötter får blåsor och blöder, men fortfarande ingen Darryl. Ibland stöter jag på någon eller något som liknar en fågelskrämma på ett fält. Jag frågar om han har sett Darryl och precis som i Trollkarlen från Oz pekar han åt alla håll. Han är en stor hjälp.

Jag frågar också en konstig, skäggig kvinna som arbetar på en cirkus om hon har sett Darryl. Hon skrattar och skrattar och skrattar.

Han är ingenstans, så jag väcker mig själv och startar min laptop. Jag tillbringar kvällen med att titta på fotografier av oss. Av vårt liv.

När vi var tillsammans kunde man se kärleken runt omkring oss. Jag vet att det låter som en dum klyscha, men den fanns där, särskilt när Darryl tittade på mig eller när jag tittade på honom. Vi älskade varandra med en kärlek som aldrig mer skulle finnas i en värld där vi var åtskilda.

När jag ensam söker igenom det förflutna känns det som om han, barnet och jag är tillsammans och tittar på fotografierna. Barnet sitter i mitt knä. Darryl står bakom mig och tittar över axeln när jag bläddrar från sida till sida.

Solen är på väg upp och det är en ny dag när jag är klar.

Utmattad går jag tillbaka till sängen.

***

"Cath. Cath! CATH!"

Vad i...? Sluta nu. Jag vill fortsätta drömma.

"CATH!!"

Jag inser att jag hör Darryls röst. Vad? Jag skakar mig själv vaken. Jag lyssnar och hör det igen.

"Cath."

"Darryl?"

Jag kastar tillbaka täcket och öppnar sovrumsdörren. Nu när jag har svarat viskar han mitt namn om och om igen.

Jag befinner mig i bebisens rum där jag står stilla och lyssnar. Jag ryser som om en bris hade blåst genom mig. Sedan tar jag filten ur spjälsängen och sveper den runt mina axlar. Barnet är tyst, som om han inte har vaknat än.

"Cath."

Jag tittar på fönstret. Vinden får det att klicka och klappa och sedan skjuter den upp det. Den svala hösten lägger sina armar runt mig, håller om mig samtidigt som den knuffar mig.

"Cath."

Jag vänder mig mot där rösten kommer ifrån. Spegeln. Min bebis vaknar och sparkar mig, hårt. Jag står i givakt och går mot spegeln. Träramen av händer rör sig, vrids, skiftar. Glaset i ramen skimrar och darrar. Det är som om ett moln har kommit in i barnkammaren och passerar in i och genom glaset. Jag går närmare. Jag höjer min hand och placerar handflatan mot ytan.

*SPEGEL DU REFLEKTERAR MIG
MED REDUNDANS.

En dikt jag läste i gymnasiet invaderar mina tankar. Den dyker upp i mitt huvud när min hand bryter igenom ytan och försvinner in i glaset.

Längre fram, fortfarande överbryggande gapet. Där är den. En annan hand som trycker mot min. Darryls hand. Darryls hand?

Darryls hand? Bekräftat när molnet i spegeln skingras. Vi rör vid varandra handflata mot handflata.

Rädd tar jag ett steg tillbaka och drar tillbaka min hand också. Barnet sparkar och jag rör min handflata mot den. Molnet flyttar tillbaka in medan jag tröstar barnet och Darryl försvinner.

Jag vill krossa det.

Jag vill vara i det.

Hade jag inbillat mig alltihop? Var jag galen?

Jag är galen.

"Cath. Kom tillbaka. Snälla, kom tillbaka."

Jag smeker vår bebis med ena handen och sedan går en hand över på vår sida och håller min hand. Det är Darryls hand. Han är här och tröstar vårt barn. På något sätt. På något sätt. Min kärlek.

"Darryl."

Hans andra hand, den med hans vigselring, passerar genom spegeln till vår sida. Vi faller in i honom, i hans famn, in i spegeln.

"Åh Cath."

Hans händer får mig att rysa när han stryker dem över barnet. Barnet vänder sig mot honom och vi är halvvägs in och halvvägs ut.

"Han är vacker", säger Darryl. "Precis som sin mamma."

"Vi vet inte om han är en han eller en hon", säger jag och tittar in i hans blå ögon.

"Han är definitivt en han", säger Darryl. "Han är stark och frisk."

Som svar på sin pappas röst sparkar och rullar barnet.

"Stå stilla", säger jag och kilar in mig ytterligare i spegeln. Bebisen är nästan igenom, men jag är inte igenom glaset. Jag kan alltid dra mig tillbaka om jag behöver. Jag är inte säker på varför jag känner mig orolig. Det är ju trots allt Darryl. Vad jag har saknat honom. Men en del av mig är fortfarande förankrad på andra sidan.

"Darryl, det här är din son. Min son, det här är din pappa", säger jag medan tårarna rinner som vattenfall nerför mina kinder. Inte små, små kvinnotårar, utan stora, feta, saftiga regntårar. Jag snyftar.

Darryl kysser mig på läpparna. Han smakar höst, men varmt och svalt på samma gång. Sedan böjer han sig ner och kysser vårt barn.

"Min son, du måste ta hand om din mamma för min skull. Jag är så stolt över dig och vad du kommer att bli en dag. Jag älskar dig. Jag älskar er båda."

Jag knuffar oss, lite mer framåt. Jag överväger att gå hela vägen igenom, men något, en känsla, håller mig tillbaka. Jag vill vara där. Jag vill gå igenom och vara med Darryl var han än är. Jag vill att vi tre ska vara tillsammans, för alltid. Fast besluten försöker jag pressa och pressa. Jag vill att vi ska ta oss hela vägen igenom.

"Gör det inte", vädjar Darryl. "Försök inte ens. Vi har det nu. Låt oss njuta av det medan vi kan. Det är oförlåtande."

"Jag vill ha dig. Jag vill att vi tre ska vara tillsammans. Alltid."

"Vi har bara vad den ger oss", säger Darryl. "Tiden är en nyckfull vän eller fiende. Vi vet aldrig vad som ska komma och vad som ska gå."

"Du är en poet och jag visste inte ens om det", säger jag med ett fniss.

En stark bris blåser igenom och Darryl tar ett steg tillbaka. Bort.

"Gå nu", uppmanar han.

"Nej! Vart ska du Darryl?" ropar jag. "Kom tillbaka. Snälla, lämna mig inte. Lämna oss inte igen."

"Jag ska försöka komma tillbaka och träffa dig igen så snart jag kan. Om jag kan. Gå nu. På något sätt. Kom alltid ihåg mig. Jag kommer alltid att värdesätta dig. Tro på mig så kanske den låter oss försöka träffas igen."

Vinden blåser in ett enormt moln. Det förblindar oss från att se Darryl. Molnet var vitt och puffigt förut, men nu är det svart och fullt av ilska.

Jag drar oss tillbaka.

När jag gör det sviktar mina knän.

Jag faller ner på golvet och snyftar.

Det känns som om jag har förlorat Darryl en gång till.

Men den här gången gråter jag för två. Sörjer för två.

***

"Cath, är du okej?"

Jag vaknar och minns, men det är bara min mamma. Hon försöker lyfta upp mig från golvet, men jag är för tung.

"Jag ringde en ambulans", säger hon när jag försöker dra mig upp men inte kan.

"Jag vill gå och lägga mig", säger jag och kämpar emot ännu en gråtfest.

Ambulansen kommer och de springer upp för trappan. De testar mina och bebisens värden och när de har bekräftat att allt är bra hjälper de mig i säng.

Mamma står och hänger och för att få henne att må bättre säger jag: "Han mår bra och jag mår bra."

Hon stannar upp i sitt spår. "Jag visste inte att du hade bett om att få veta könet på barnet ännu."

"Nej, det gjorde jag inte", säger jag, "det är bara en känsla jag har, att han är en han."

Lögnen verkar göra susen. Jag låtsas vara tröttare än jag egentligen är. Bebisen verkar också sova. Efter att hon pussat mig på pannan går mamma ut och stänger dörren bakom sig.

Jag ligger vaken i flera timmar, tänker på Darryl och undrar när vi kan träffas och röra vid varandra igen.

***

Varje dag efter vårt besök hos Darryl vill jag åka tillbaka.

Jag skriver exakt vad som händer. Att föra anteckningar är vettigt. Det är det enda sättet jag kan försäkra mig om att min gravida hjärna kommer att hålla mina minnen intakta. Att skriva ner allt, att vara besatt av det, har gjort det möjligt för oss att leva samma dag om och om igen. Det är som vår egen version av filmen Groundhog Day, fast den här gången är jag Bill Murray.

Darryl hade sagt att det var "oförlåtande". Menade han tid?

Jag frågar Moni vad hon tycker. Hon tycker också att det är ganska konstigt.

Vi börjar arbeta tillsammans, för att undersöka övernaturliga händelser. Vårt mål är händelser relaterade till resor inom speglar on-line.

Vi hittar spännande artiklar om parallella universum. Vissa hänvisar till speglar som ingångspunkter. Forskningen talar om saker som virtuella verkligheter och dimensionella splittringar. Den diskuterar också dimensionella dörröppningar och det ockulta. Förutom fiktiva romaner kan vi dock inte hitta några verkliga bevis, även om vi hittar några påståenden.

Vi hittar några listor över saker du aldrig bör göra med speglar, t.ex:

Titta aldrig i en spegel med levande ljus, det kan visa dig en mycket hemsökt version av ditt hem.

Om du stirrar in i en spegel mellan två höga, vita ljus kan du se andan av en älskad som har gått bort. Deras själ kan vara fast i din spegel.

Den där fick mitt hjärta att hoppa ur munnen på mig.

Fastnade Darryls själ där? Det verkade inte vara en dålig eller skrämmande plats, men han hade nämnt det oförlåtande.

Jag ryser till och går vidare till nästa punkt.

Täck alltid över en spökspegel under ett åskväder. Blixtarna släpper lös spökena.

Jag berättar för Moni att när jag först kom in i rummet var spegeln delvis täckt. Jag kramar mig själv och skakar igen.

"Först och främst", säger Moni, "har din mamma troligen ställt den där för att hålla den borta från golvet. Det är ingenting. Ett sammanträffande." Hon tittar på mig. "Är du säker på att du vill fortsätta med det här?"

Jag nickar och läser nästa.

Det är ett dåligt omen att få en spegel från en avliden persons hem i present.

"Herregud!" Jag skriker och trycker in knytnäven i munnen. Jag vill inte skrämma barnet, men spegeln har funnits i vår familj efter ett dödsfall i århundraden. Inte som en present med en rosett på, utan som en gåva och en släktklenod.

Jag är inte säker på vem som hade spegeln innan den kom in i vår familj. Jag måste ta reda på mer om den.

Jag förklarar detta för Moni som själv skakar lite innan hon läser nästa text.

Om någon ser sin reflektion i en spegel i ett rum där någon nyligen har dött, kommer de att dö snart.

"Puh, vi är okej på ettan", säger hon och tittar sedan på mig för att bekräfta, vilket jag gör med en nick.

Jag läser nästa.

Om ett spöke vandrar runt i ditt hem under natten kan en spegel fånga det.

Det är läskigt. Ingen av oss säger något om det.

Bebisen rör sig.

Jag bläddrar vidare i artikeln. Det finns vetenskapliga bevis. Den nämner kvantspeglar och multiversspeglar som portar till andra världar.

"Vi behöver veta mer. Jag behöver veta mer om den här spegeln och hur den kom till min familj. Var började den? Vem gav den till oss och när?" säger jag med darrande röst.

"Hur ska vi göra det?" frågar Moni, och vi sitter båda och funderar på det, ensamma men tillsammans, under en ganska lång tid.

Dagarna och veckorna flyter fram. Moni och jag fortsätter att leta när vi har tid.

Vi följer konceptet med att resa genom speglar. Det går hela vägen tillbaka till forntida civilisationer.

Vi undersöker vår spegel från topp till tå i hopp om att hitta ett tillverkarmärke. Ingen sådan tur.

Barnet ska komma om en vecka - ge eller ta några dagar i vilket fall som helst - och jag sitter tillsammans med Moni i mitt kök. Jag märker på hennes sätt att börja och sluta att hon har något viktigt på hjärtat.

"Du kanske tycker att det är lite galet."

"Berätta för mig", säger jag.

Bebisen sparkar. Jag smeker hans fot.

"Jag varnar dig", säger Moni. "Det finns där ute."

"Fortsätt."

"Okej, här kommer det. På nätet hittade jag en kvinna som är synsk och ett medium. Hon har ett exceptionellt gott, till och med utmärkt rykte. Hon ger resultat för de fall hon väljer att engagera sig i."

Jag lutar mig närmare.

"Moster Maria gör kortläsningar som en hobby. Hon läste på om kvinnan jag talar om. Hon hittade bara bra saker om henne."

"Ett medium alltså?" säger jag. Jag förstår mig inte på medial mumbo jumbo. Men jag känner till den där killen som var på TV, John somebody. Edwards. Jag säger hans namn högt.

"Ja", säger Moni.

"Du menar att den synska damen kommer att kontakta Darryl?"

Moni nickar.

"Men jag kunde kontakta honom själv. Jag vet inte vad hon kan göra för att hjälpa till, eftersom vi redan har varit där på egen hand."

"Vi borde försöka. Vi behöver henne. Inte för Darryl, utan för spegeln", säger Moni. "Om det nu är en resespegel. Du säger att det är för att du har rest i den. Vi behöver veta mer om den. Hon skulle kunna testa den. Psykologer gör tester, menar jag."

"Jaha", säger jag och är mer intresserad nu än jag varit tidigare. Jag lutar mig lite närmare.

"Jag förklarade lite för henne om vad som hände utan att gå in på för många detaljer. Hon heter Anna August och hon vill absolut träffa dig och se rummet och spegeln. Jag skulle också vilja vara här, som moraliskt stöd. Det vill säga, om du vill att jag ska vara det."

"Du måste vara här med mig", säger jag och bebisen sparkar för att registrera sin röst. Jag går bort till vattenkylaren och häller upp ett glas kall vätska åt mig själv. "Hur mycket vill hon ha för ett besök?" säger jag efter några klunkar.

"Femhundra."

Jag sätter mig ner och trycker det svala glaset mot pannan.

"Jag vet att det är mycket begärt", fortsätter Moni, "och jag skulle vilja erbjuda det som en gåva."

"Det var snällt av dig", säger jag. "Men om du och jag delar lika på det, så att hälften är en gåva från dig, så skulle det vara underbart. Hur samlar hon in det? Jag menar, i förväg?"

Moni förklarar hur det skulle fungera. Vi måste skicka en insättning på tio procent omedelbart som ett tecken på god tro. Anna skulle skicka oss ett kvitto, bestämma ett datum och en tid för ett personligt besök. På det överenskomna datumet betalas resterande belopp vid ankomsten.

"Vid ankomst?" säger jag. Det verkar lite fräckt att be om pengar i förskott på det sättet, men å andra sidan, vem visste vad som gällde för synska personer?

Moni hämtar ett glas apelsinjuice från kylskåpet och tar en lång klunk. "Enligt deras hemsida sker leveransen när de kommer hem till deras klient, vilket skulle vara du."

"Jaha, så hon lovar ingenting i gengäld då?"

"Öh, nej", bekräftar Moni. "Men jag får en känsla av att detta är normen i den psykiska världen. När hon går med på att ta sig an ditt fall, engagerar hon sig fullt ut. Hon vill försäkra sig om att hennes klienter också är det. Hon får välja vem hon vill hjälpa. Genom att säga till sina nya kunder att hon vill ha en handpenning och resten i förskott kommer hon att kunna rensa bort knäppskallarna."

Jag skrattar och undrar om hon skulle tycka att jag var en knäppskalle även om jag betalade i förskott. "Är hon, är Anna lokal?"

"Nej, hon är inte härifrån, men hon visste var du bodde. Jag menar innan jag berättade din adress för henne. Hon sa att hon hade känt av en märklig störning i det här området under de senaste månaderna. Det hade faktiskt varit så starkt att hon övervägde att undersöka det själv."

Det låter intressant och långsökt på samma gång. "Menar du att hon hade en föraning?"

"Det undrade jag också, men hon sa nej. Men hon har ofta sådana. I det här fallet kände hon en psykisk störning. Något rusade över henne. Fick hennes hår att resa sig. Den typen av saker."

När jag ser en läskig film händer det mig, men jag säger inte det. Istället går jag med på att skicka handpenningen och att betala henne hela beloppet vid ankomsten. "Vi måste ta reda på mer, och vi har inte så många alternativ."

"Det finns många andra alternativ", säger Moni, "men Anna har street cred. Jag ska se till att det händer så snart som möjligt."

***

Den tredje maj klockan tre på eftermiddagen anländer det kända mediet Anna August till mitt hus. Moni och jag gömmer oss bakom gardinerna. Vi ser på när hon kliver ut på min uppfart från sitt fordon. Vi är båda mycket nyfikna och vill kolla upp henne innan vi träffar henne i verkligheten.

Under de senaste veckorna har vi blivit som besatta av Anna. Samtidigt har jag blivit besatt av spegeln eftersom Anna sa åt mig att hålla mig borta från den. Jag hade inte talat med henne, men hon insisterade på att Moni skulle vidarebefordra det brådskande meddelandet till mig.

Meddelandet var att om jag gick in igen skulle hon få veta det. Vårt arrangemang skulle avbrytas. Och att full betalning ändå skulle krävas.

Det skulle bli lättförtjänta pengar för henne om jag ignorerade varningen. Hon skulle få betalt utan att ens ha klivit över min tröskel. Hennes ord skrämde mig tillräckligt för att låsa dörren till barnkammaren. För säkerhets skull.

Anna är runt sextio år gammal och en stilig kvinna. Hon är inte vacker, hon är stilig. Detta är inte menat som en förolämpning.

Det är så hon framstår för oss båda. Hon är mycket lång, nästan två meter, och när hon bär håret i en knut på toppen. Det gör henne ännu längre.

Hon bär en blodröd överrock med hög krage och svarta hjärtformade knappar. På fötterna har hon tjocka svarta kilklackar. I ansiktet har hon en aning mascara, rött läppstift och inget mer. Det mörksvarta håret bakom hennes vänstra öra avslöjade ett svart hjärtformat örhänge. Perfekt matchning till knapparna på hennes kappa.

Anna går mot ytterdörren med en stark känsla av beslutsamhet och målmedvetenhet. Hon vinglar lite på sina kilskor och vi fnissar. När Anna får syn på oss blinkar hon och gör ett korstecken över sig själv. Hon tvekar och gör sedan korstecknet över mitt hus.

Vi har varit så distraherade och tagna av allt Anna har gjort att vi inte märker en man som följer efter henne.

Han är nästan fem fot lång och har svart hår och svart skägg. Han bär en svart överrock, en svart keps som skyler hans ögon, svarta byxor och skor. Han sveper fram som ett mörkt ensamt moln. Vi inser att böjelsen beror på vad han bär på ryggen: en liten svart koffert. Även om den är liten är vikten av den tillräcklig för att få honom att böja sig framåt.

Anna slår på dörrknackaren och vi rusar fram för att möta dem.

***

Anna sveper in som vinden och det mörka molnet blåser in inte långt efter. Hon sträcker ut sin hand till mig först och tar min andra hand. Hon ser in i mina ögon och jag i hennes - som var en underlig nyans av grönt med små röda fläckar över pupillen.

"Jag är så glad att äntligen få träffa dig", säger hon, sträcker ut handen och stannar sedan innan hon rör vid barnet. Jag nickar att det är okej för henne att göra det och hon lägger sin öppna hand på barnet. Jag förväntar mig att han ska sparka för att bekräfta hennes närvaro, men det gör han inte.

"Han måste sova", säger jag. Av någon konstig anledning känns det som om vi är oförskämda när han inte presenterar sig med en spark.

Anna slänger tillbaka sin rock. Hon vänder sig till Moni och säger hej. Hon presenterar oss för sin man som står i bakgrunden och sträcker på ryggen. Han heter Ballard.

Jag går fram till honom och vi skakar hand. Han behöver hjälp med att få bort bröstet från ryggen, så jag hjälper honom. Efteråt ställer han sig upp rak och lång. Han är inte så kort trots allt. Han är kort för att vara man och Anna i sina kilklackar tornar upp sig över honom.

"Låt oss ägna oss åt de tråkiga detaljerna", föreslår Ballard.

"Ja", säger Anna.

"Hon menar pengarna", viskar Moni.

Jag hämtar min handväska från sidobordet. Den innehåller hela summan som jag ger till Anna, som ger den till Ballard.

"Tack", säger Anna.

Ballard tar ut pengarna och bläddrar igenom lotten. Förvissad om att hela beloppet finns där stoppar han ner dem i rockfickan.

Anna säger: "Jag skulle vilja se rummet nu."

Vi tre, Moni, Anna och jag (eller fyra om jag räknar med bebisen) går mot barnkammaren. Jag tittar tillbaka och ser Ballard fiska i fickan efter en nyckel som han stoppar in i låset och öppnar kofferten.

Jag är nyfiken på nyckeln, men ännu mer nyfiken på dess innehåll. Ballard fortsätter. Jag vänder tillbaka min uppmärksamhet till detta företag.

"I sinom tid", säger Anna medan hon för oss vidare. Hon ser att jag tittar nyfiket på Ballard. Det verkar som om hon inte missar något.

Innan vi når barnkammaren gör Anna ett plötsligt stopp. Jag springer nästan in i henne eftersom jag nu är längst bak i ledet med Moni i täten.

Annas andning förändras. Hon flämtar och hennes kinder blir väldigt röda. Hon tar tag i väggen på sin högra sida och den andra väggen på sin vänstra sida med knutna nävar och står helt stilla. Hennes nävar spricker upp som rosor som blommar. Hon lägger sina händer platt och öppet på ytan av väggarna på båda sidor om henne.

Hennes huvud flyger bakåt och hennes ögon öppnas vidöppet och ser upp mot taket. Hela hennes kropp börjar skaka och krampa som om hon hade ett epileptiskt anfall.

***

Något pumpar genom hennes kropp. Vad det än är så ser jag det ta sig igenom henne. Jag tittar på Moni, vars ögon nästan sticker ut ur skallen. Jag sträcker mig över Annas axel och tar Monis hand i min. Vi står stilla och vet inte vad vi ska göra. Anna fortsätter att vibrera och vrida sig.

Ballard är där och lägger något mot Annas uppochnedvända panna. Det är silver.

Jag ser det blinka i ljuset, men jag kan inte urskilja vad det är. Först suddigt, sedan skimrande. Snart faller Annas armar och huvud. Sedan är hon tillbaka bland oss.

"Jag är ledsen, min älskade", säger Ballard. "Jag förväntade mig inte..." Han stannar upp och tittar på Moni och mig som fortfarande står tillsammans och håller varandra i händerna.

"Inte jag heller", säger Anna medan hon tar ett djupt andetag och släpper ut det flera gånger för att lugna ner sig. "Det var ett mäktigt något eller någon. Kan jag få ett glas portvin innan vi fortsätter?"

Jag börjar med att säga att jag inte har någon portvin i huset. Ballard, som kommit förberedd, tar fram en flaska ur sin jacka. Han vrider upp korken och räcker den till Anna.

Hennes händer skakar när hon försöker ta en klunk. Ballard hjälper till.

Anna torkar sig om munnen med handen. Jag kan fortfarande se hur hennes fingrar skakar när hon räcker tillbaka flaskan. Ballard erbjuder mig en klunk. Jag avböjer på grund av barnet. Moni avböjer också, men tackar Ballard för erbjudandet.

Anna bryter tystnaden. "Och nu, låt oss fortsätta."

***

Innan vi når dörren till barnkammaren slår den igen. Kraften är så stor att jag tror att gångjärnen ska gå sönder. Jag tränger mig förbi följet och använder mitt barns omkrets för att röja en väg igenom.

När jag är framme vid dörren sträcker jag mig efter nyckeln i fickan. När dörren är upplåst försöker jag vrida om handtaget. Jag säger försöker av två skäl.

För det första rör det sig inte och för det andra är det glödhett, så glödhett att jag skriker när min hud smälter in i det. Det är som om metallhandtaget svetsar sig fast vid mig och min hud fräser och luktar som om jag blir grillad.

Mitt brännande kött luktar nästan bacon när jag fortsätter att försöka separera mig från handtaget. De närmaste sekunderna känns som om tiden har stannat och jag fokuserar på själva handtaget istället för på smärtan. I en enda rörelse frigör jag mig. Handtaget rör sig. För en sekund tror jag att det ska vridas och öppnas, men det gör det inte.

Jag tittar åt vänster där Moni står och stirrar, undrar vad hon ska göra, men gör ingenting. Jag tittar över på Ballard som tittar på Anna som har ögonen slutna och mumlar ord.

Jag tittar och lyssnar på hennes mummel och inser att hon gör en besvärjelse eller en trollformel. Det var åtminstone vad det såg ut som baserat på de fiktiva TV-program som jag hade sett med häxor i dem.

Utför synska personer besvärjelser eller trollformler? Jag var inte säker, men vad hon än planerade så hoppades jag verkligen att det skulle fungera.

När den tanken slog mig ökade värmen från dörrhandtaget från en nia till en tia och jag skrek av smärta. Ballard rusar mot mig med flaskan med brandy i handen och stänker innehållet över min hand. Det ryker och spottar och luktar som en julgröt.

Det fungerar och min hand lossnar från handtaget. Ballard leder mig bort från dörren. Jag står stilla medan Moni ger Ballard förbandslådan som hon har hämtat från badrummet. Han lindar in min hand i gasbinda efter att ha sprejat den med en vätska som lindrar brännskador. Det kyler ner temperaturen på min hud. När han lindar gasbindan runt handen är smärtan minimal.

När vi återvänder till korridoren är Anna ingenstans, men dörren till barnkammaren står på vid gavel.

Den här gången går Ballard i täten och Moni och jag följer inte långt efter. Ballard håller sin högra arm utsträckt framför sig som om han inväntar ankomsten av det osynliga och okända. Om han hade haft ett kors i handen skulle det inte ha varit malplacerat. Jag har sett alldeles för mycket på TV för mitt eget bästa.

När han väl är inne i barnkammaren viskar Ballard: "Anna." Han står i dörröppningen och hindrar Moni och mig från att komma in i rummet.

Inget svar.

Ballard går hela vägen in, ropar fortfarande efter Anna, och vi går in bakom honom.

Fönstret är vidöppet precis som det var den dagen då jag kom in i spegeln. Den här brisen är dock våldsam. Den blåser gardinerna framåt. De krusar sig och svävar över golvet på ett spöklikt sätt.

De flygande gardinerna leder mina ögon i riktning mot spegeln. Moni och Ballard gör samma sak, men den här gången är de bakom mig när jag går mot spegeln. Filten som en gång låg över spegeln ligger nu hopskrynklad i en klump på golvet.

"Anna!" ropar jag.

Ballard skriker sin frus namn.

Trots att jag inte känner honom, får tonläget och tonen i hans röst gåshuden att rusa längs mina underarmar. Jag vänder mig om och tittar på honom och ser ren rädsla. Det var absurt för mig att han var så rädd. Ballard är hennes partner på alla sätt och vis. Tillsammans fokuserar deras liv på att hjälpa människor att få kontakt med sina nära och kära på andra sidan. De är proffs.

Jag tar mig fram till spegeln. I ett enda stort steg går jag in i den med hela kroppen.

Det sista jag hör är Moni som skriker mitt namn.

***

På andra sidan är det totalt mörkt.

Det här är annorlunda än tidigare. Skrämmande.

Jag tar två steg framåt. Något knakar under mina fötter. Jag flyttar mig lite åt sidan och hoppas att vad det än var inte ska finnas där, men det gör det. Jag går framåt, trampar på något större innan jag snubblar lite och sedan stannar upp.

För rädd för att röra mig inser jag att den här platsen var precis som jag förväntade mig att insidan av en spegel skulle se ut. Vad jag inte förväntar mig är lukten. Den är fuktig som ruttnande höstlöv och kall. Jag slår armarna om mig själv.

Jag rör mig inte och hoppas att mina ögon ska anpassa sig och vänja sig vid mörkret.

Sekunderna går. Fortfarande tar jag inte ett steg i någon riktning. Jag kan känna hur jag gungar ibland. Att stå stilla med en så stor mage är ingen lätt uppgift. Det känns som om jag skulle kunna ramla omkull. Jag smeker min babybula och försöker hålla mig lugn.

Var är skogarna, stranden och bergen? Var finns solen och höstbrisen? Här står den frusna luften stilla.

Jag undrar om det här är en annan dimension.

Varför känns den här platsen så främmande när den andra verkade hemtrevlig? Jag var en dåre som gick in utan att veta att Anna är här.

Jag hör ett knak och sedan Annas röst. "Cath?"

Min kropp skakar när jag svarar.

"Cath", säger hon, "du måste ta dig härifrån."

Jag smeker min babybula i ett försök att bli normal.

"Vet du hur många steg du tog efter att du kom in?" frågar Anna.

Jag säger att jag inte har gått många steg, men jag har inte heller räknat dem.

Hon frågar om jag skulle kunna vända om, om jag visste åt vilket håll jag hade kommit, och jag säger att jag tror att jag kan det.

"Vänd dig om och gå i riktning mot utsidan", instruerar Anna. "Jag kommer att följa ljudet av dina fotsteg. Ljudet kommer att vägleda mig och vi kommer ut tillsammans."

Jag tänker på Darryl när vi träffades första gången. Med dessa glada tankar i mitt huvud tränger sig ett minne på. Det handlade om något jag hade läst eller tittat på. Om demoner i mörkret som tar på sig rösterna från dem vi känner, ibland till och med dem vi älskar. Demonerna låtsas vara de som de inte är.

Jag tystar mitt sinne och skjuter bort de tankarna och får styrka av att tänka på Darryl och barnet. Jag vänder mig om och sträcker ut armarna för att känna mig fram. Knakandet får mig att känna panik, men jag visste att jag inte hade gått för långt. Jag går framåt som en blind zombie och känner ingenting.

Jag tar ytterligare två steg åt vänster, fortfarande i samma riktning som tidigare, och sträcker ut armarna framför mig igen. Fortfarande ingen kontakt med någonting. Två steg till.

Där är den. Jag känner det och tar ett steg framåt. Ballard och Moni drar mig resten av vägen.

Anna tar tag i min skjorta och kommer också igenom.

Vi är i säkerhet.

Vi är tillbaka.

***

Jag gråter när Moni hjälper mig genom rummet. Jag sätter mig i glidstolen som om jag bar hela världens vikt på mina axlar. Jag smeker min babybula och nynnar på Frere Jacques för att lugna mitt hjärta och sinne. Min lilla pojke svarar inte med en spark, men han är inte sämre.

Moni kommer med en kopp varmt te. Mina händer skakar för mycket för att jag ska kunna hålla i den. Hon lyfter den till mina läppar och jag tar en klunk.

I hörnet, utom hörhåll, viskar Anna till Ballard medan hon tar en klunk ur flaskan. Hon skakar och Ballard stirrar i min riktning ibland och sedan tillbaka på sin fru. Jag hade räddat henne, fört henne tillbaka. Jag undrar vad de pratar om, men jag är för trött för att lyssna på deras samtal.

"Hur länge?" frågar jag Moni.

"Åtta timmar."

"Det kan inte ha varit åtta timmar!"

"Det är mörkt ute. Ser du?" Hon drar för gardinerna och visar mörkret utanför istället för dagsljuset. Hon lutar sig fram och frågar: "Hur var det med Darryl?"

Min son ger mig en så stor spark att jag tappar andan. Jag smeker hans fot genom min hud. "Lugna ner dig, min son."

Moni väntar på att barnet ska lugna ner sig innan hon frågar: "Om Darryl inte var där, varför var du borta så länge?"

"Jag vet inte", säger jag, tittar i riktning mot Anna och hoppas att hon kan ge mig några svar. Hon är trots allt den enda experten i rummet.

Anna tar ytterligare en klunk ur flaskan. När hon ser att jag stirrar på henne snubblar hon över rummet. "Är du helt okej?"

Anna står till vänster om mig, Moni framför mig och Ballard till höger om mig som om jag vore mittpunkten i en halvcirkel. Jag ryser. Moni kastar en filt över mina axlar.

Anna säger: "Spegeln har många ansikten. Den där," hon pekar mot den, "borde förstöras."

"Men varför?" frågar jag med klapprande tänder. "Den har funnits i min familj i årtionden och den förde Darryl till mig."

"Jag föreslår att du skickar iväg den om du inte kan förstöra den. Den kommer att kalla på dig igen och fresta dig att gå in om den är i ditt hus. Nästa gång kanske du inte har samma tur. Nästa gång kanske du blir fast där för alltid."

"Lyssna på min fru", säger Ballard. "Hon vet vad hon pratar om och allt hon vill göra är att förhindra att du och ditt barn skadas."

"Det kunde ha skadat oss, men det gjorde det inte", säger jag. "Det var mörkt och fuktigt, men jag har varit på värre ställen, mycket värre ställen."

Anna tvekar, går lite och säger sedan: "Det knastrande ljudet. Vad trodde du att det var?"

Ballard går fram till sin fru och viskar i hennes öra. De vänder sig mot mig igen.

"Löv", svarar jag. "Döda löv."

Annas ögon lyser upp när hon tittar på sin man. "Det var ljudet av ben som bröts. Benen från andra som aldrig kom tillbaka."

Jag flämtar och försöker att inte skrika. Jag tänker på ljudet jag hade hört och undrar om hon hittade på det för att skrämma mig. Om jag hade trampat på ben, hur skulle det ha låtit? Hur hade det känts under mina fötter? De skulle låta precis som de inuti spegeln.

"Nu går vi härifrån", säger Anna. "Vi har gjort allt vi kan. Vi kan inte vara här längre. Sanna mina ord, om du inte förstör den där saken så är det ditt fel."

När de går iväg från mig ropar jag: "Varför väntade du inte på mig? Varför gick ni in i spegeln utan mig? Förut var Darryl, min man, där. Allt var tryggt och bra. Varför väntade du inte?" Jag reser mig upp och följer efter dem, förväntar mig ett svar, en förklaring.

Anna fortsätter att gå.

Ballard stannar upp, överväger att säga något. Han ändrar sig."Kom, min älskade. Den här kvinnan uppskattar inte din uppoffring eller dina råd."

"Hennes uppoffring? Jag gick in där och fick ut henne! Jag räddade henne."

"Lugna ner dig", säger Moni. "Det är inte bra för barnet."

"Ut ur mitt hus", skriker jag.

Efter att Ballard spänt fast kofferten på ryggen lämnar han och hans fru mitt hus.

Jag står där med knutna nävar medan vattnet rinner nerför mina ben. Yrsel sköljer över mig och jag faller till golvet.

***

Det är inte vatten trots allt. Det är blod.

Jag fick reda på det först när ambulansen kom skrikande upp på min uppfart och sjukvårdarna kollade upp mig. Mina värden är bra, men de insisterar på att vi ska åka till sjukhuset.

När jag vilar, fastbunden vid maskiner och monitorer, känner jag mig tacksam över att både min son och jag mår bra. Inget mer och inget mindre.

Moni ringde min mamma som kom snabbt. Hon satt hos mig, höll mig i handen och sa att allt skulle bli bra. Nu sover hon djupt i en stol.

När jag ser henne sova inser jag att mammor är gudalika. Vi förlitar oss på dem för allt från det ögonblick då vi blir till. När de förklarar att allt kommer att bli bra, även om vi vet att de inte kan veta, tror vi ändå på dem. Om de sa till oss att himlen var orange skulle vi vara tvungna att tro dem. Varför skulle de ljuga för oss? Våra mödrar är sjuksköterskor, läkare, rådgivare, lärare, filosofer och våra vänner. Mammor bär så många hattar.

Jag känner på min babybula och tänker på min egen potential att fylla rollen som mamma och ensam förälder till min son. Jag hoppas att jag kan matcha min mammas styrka och mod. Om jag kan nå upp till 80 procent av vad hon har varit för mig, då kommer jag att vara överlycklig.

Jag tänker på vad läkaren har berättat för mig. Blödningen var inget allvarligt. Ett tillfälligt tillstånd och det hade slutat. Barnet mår bra och hjärtat slår kraftigt. Men förlossningsdatumet är inte långt borta och de vill att vi ska vara här.

Jag slumrar till och tänker på Anna, besviken. Det hade varit en sådan uppbyggnad till hennes ankomst och hennes erbjudande om att hjälpa till. Jag hade bett Moni att ta kontakt med henne för att se om hon kunde fylla i några av luckorna. Jag ville veta vad som hände med henne innan jag gick in i spegeln. Vad visste hon? Vad hade hon sett?

Jag ville också veta varför hon hade hoppat in i spegeln innan någon av oss var i rummet.

Tårarna rinner nerför mina kinder i en tyst gråt. Jag saknar Darryl så mycket. Livet skulle vara helt annorlunda om han var här. Livet är för kort, för värdefullt för att slösa bort ett enda ögonblick.

Jag faller tillbaka mot kudden och sluter ögonen.

***

Mina fötter lyfter från marken. Jag flyger med mina monarkfjärilsvingar ut i det fria. Jag stiger högre och högre upp i skyn medan flygplanen passerar mig. Passagerarna vinkar ut genom sina fönster. Fåglar stannar. En sitter på min axel. Den öppnar och stänger näbben i en sång som om den försöker föra en konversation med mig. Den flyger iväg, glad över att ha försökt kommunicera med sin medmänniska i skyn.

Nedanför mig följer en liten bevingad person. Jag smeker min babybula, men upptäcker att den inte längre finns där. Den bevingade personen nedanför är mitt barn. Hans vingar är blå och svarta. Han håller på att lära sig flyga. Han kämpar sig fram mot mig.

"Mamma", ropar han.

Jag svävar på plats och väntar på att han ska komma ikapp.

"Mamma", ropar han igen.

Jag trycker ner mig själv tills vi är sida vid sida. Jag tar hans hand.

Tillsammans reser vi oss.

Jag kastar huvudet bakåt, håller fortfarande hans hand i min, och himlen förändras från dag till natt på en bråkdels sekund. Luften går från varm till kall och vinden tar fart och knuffar bort oss.

Min son och jag klamrar oss fast vid varandra och flaxar med vingarna i synkronicitet. Vi är maktlösa.

Åskan rullar in. Blixtar far över himlen bakom oss, under oss, allt närmare och närmare.

En direkt träff på mina vingar. En gnista tänds på hans.

Vi störtar tillbaka från där vi kom ifrån.

***

Jag vaknar skrikande. Så mycket för att inte väcka mamma.

Drömmen hade varit så verklig, så levande. Den fick monitorerna att blinka och pipa. Sjukhuspersonalen kom springande in och tog över kontrollen.

"Det var bara en dröm", säger jag för att lugna dem. Ändå fortsätter de att rusa runt.

Jag torkar sömnen ur ögonen.

Något är fel med mamma. De kom inte för att hämta mig.

De lägger henne på en sjukhussäng och rullar ut henne ur rummet. Hjulen gnisslar henne bort från mig.

"Vad är det som händer?" skriker jag. Jag försöker ta mig upp, för att följa med henne, för att vara med henne. Jag måste hinna ifatt följet.

Men jag är fastbunden. Jag försöker frigöra mig. Inte tillräckligt snabbt.

En sjuksköterska sticker en nål i min arm.

Det sista jag minns är att jag svor åt henne.

***

Moni är vid min sida när jag vaknar. Det hade varit dag när jag somnade. Nu är det mörkt. Allt genom fönstret ser bläcksvart och stjärnlöst ut.

När jag försöker pussla ihop bitarna sparkar min son mig extremt hårt. Det är nästan som om han påminner mig om att sätta honom först, som om jag behöver bli påmind. Först var det den läskiga drömmen. Sedan var mamma i trubbel, sjuk eller något.

Jag återvänder till verkligheten.

Moni räcker mig ett glas vatten. Hon och jag hade varit vänner så länge att det ibland kändes som om vi hade en telepatisk förbindelse. Moni är den bästa vännen i världen. Jag vet inte vad jag skulle göra utan henne.

"Tack", säger jag när jag tar en klunk och känner hur det svala vattnet letar sig ner i min mycket tomma mage. Inte undra på att min bebis sparkar som en galning. Jag behöver fylla på med energi efter att ha missat att äta idag. Inte för att sjukhusmaten är något att skriva hem om. Jag frågar Moni om hon har något emot att smyga ut och köpa något snabbmatsliknande till mig som belöning.

Moni är sitt vanliga, logiska jag och föreslår att jag ringer sköterskan. Fråga om de kan göra något för mig så att jag inte stör deras kosthållning för mig och barnet. Det låter som ett bra råd, även om jag skulle ha mördat en cheeseburgare, pommes frites och shake.

Sjuksköterskan är hjälpsam och säger att hon ska komma med något som är specialgjort för mig så snart som möjligt. På sjukhusspråk betydde det så snart jag nådde toppen av hackordningen. Först in, först serverad.

Jag gnuggar min babybula med ena handen och dricker mer vatten för att hålla hungerkänslorna borta.

"Vi måste prata", säger Moni.

"Jag lyssnar."

"Först och främst mår din mamma bra. Hon fick en stroke, men vad jag förstår var det ingen stor stroke. Jag vet inga detaljer eftersom jag inte tillhör familjen, men jag får intrycket att hon kommer att återhämta sig helt."

Jag drar en lättnadens suck och påminner Moni om att hon är som den syster jag aldrig fick.

"Jag har en syster", säger Moni, "men du är min favoritsyster."

"Älskar dig", säger jag.

"Jag älskar dig också."

Vi är tysta en stund och sedan säger hon: "Jag talade med Anna om dig. Besöket i ditt hus och i spegeln fick dem att flippa ut totalt. De två är inga nybörjare. Hon, jag menar Anna, har aldrig känt sig så nära ren ondska som hon gjorde när hon var inne i din spegel."

Jag minns känslan av lycka när jag var med Darryl. Känslan av hans beröring. Hans kontakt med sin son. Det hon sa verkade löjligt och jag säger det.

"Vad menar du?"

"För det första var jag också där. Ja, det var väldigt mörkt. Det var fuktigt och till och med lite stinkande, men jag kände ingen närvaro av ondska i luften. Om ondskan lurade i mörkret kunde den ha tagit någon av oss när som helst. Vi var i dess våld. Så varför gjorde den ingenting?"

"Hon säger att djävulen bara vill ha de skadades själar. De som har begått onda handlingar eller gjort onda gärningar. De enda undantagen är de som kommer till honom frivilligt och som är rena av hjärtat."

"Och Anna, var passar hon in i det scenariot? frågar jag.

"Anna sa att om inte du och barnet i synnerhet hade varit där, så skulle saken ha tagit henne. Hon säger att den viskade till henne att hon var förlorad, att hon var hans innan du gick in i spegeln. När du gjorde det strålade ett ljus ut från barnet. Det var inte ett starkt ljus. Det var svagt, men det var tillräckligt för att hon skulle veta att du var där. Ljuset ledde henne till dig, och i sista sekunden grep hon tag i dig och du drog ut henne. Utan barnet, utan dig, hade hon varit förlorad, hennes själ hade varit för evigt fast där inne."

Utan att tänka på det smeker jag barnets fot. Han vänder sig inuti mig.

Jag tittar upp när en främling med en skrivplatta kommer in i rummet. Han har en rynka i pannan lika stor som Grand Canyon, men är på något sätt röd och blek på samma gång.

"Är du Cath?" frågar han.

***

Han har ingen vit rock på sig och han är varken familj eller vän.

Jag nickar och bekräftar att jag är jag.

Som svar ropar han: "Kom in med det."

Två bud kommer in med ett stort, täckt föremål.

Innan de avslöjar det vet jag redan vad det är. Spegeln. "Vad gör den här? Jag bad er inte att ta med den."

"Skriv under här." Mannen ger Moni en penna. Hon vägrar först att skriva under, men mannen höjer rösten. Han hotar att ställa till med bråk, så hon skriver under, men först efter att jag sagt åt henne att göra det.

"Vi kommer på vad vi ska göra med den när de här två töntarna - ta inte illa upp - har gått."

Moni flinar och det gör jag också.

Leverantörerna drar sig tillbaka.

"Vad gör vi nu?" Moni frågar och står så långt bort från spegeln som hon kan utan att gå ut genom dörren.

Jag känner mig trygg där jag är på sängen, insvept i täcket. Härifrån kan jag göra mitt bästa för att ignorera elefanten i rummet. Vad i hela friden gjorde den här och vem skickade den?

***

Monis telefon ringer, vilket får oss båda att hoppa till. Hon är upptagen med att skjuta spegeln åt sidan nära fönstret.

"Jag kommer strax tillbaka", säger hon.

På väg för att hälsa på mig ser en ny skötare spegeln och tar fram den. "Vilken vacker spegel", säger han. "Ramen och träet i synnerhet är helt fantastiska." Han låter fingrarna glida över de graverade, förenade händerna och säger: "Är det inte japanskt?"

"Jag vet inte, men den har funnits i min familj i årtionden."

Tjänstemannen placerar spegeln så att den syns i mitt perifera synfält. En del av den är vänd mot mig och en del är vänd mot fönstret.

Han tittar på baksidan av den. "Jag har sett något liknande förut. Om du någonsin vill sälja den, ring hit och fråga efter mig eller lämna ett meddelande.

Mitt namn är Daniel Chung." Han ger mig sitt kort.

"Tack", säger jag när Moni återvänder till rummet.

"Är allt okej?" frågar hon, tittar på spegeln och ser att skötaren tafsar på den.

"Ja", svarar jag, "Daniel berättade för mig att han trodde att spegeln var japansk. Han sa att han har sett något liknande förut. Åh, och han skulle vara intresserad av att köpa den. Om jag någonsin skulle vilja göra mig av med den."

Moni bleknar.

Daniel kontrollerar min puls. Han bekräftar att allt är bra och frågar om jag behöver något.

"Vilken konstig kille", säger Moni.

Vattnet går.

***

Allt går för fort. Monitorerna blir galna. Sammandragningarna börjar. Jag är utvidgad och redo att krysta. Barnets hjärtfrekvens sjunker, liksom hans blodtryck. De rullar ut mig till operationssalen och börjar förbereda mig för ett akut kejsarsnitt. Jag önskar att Darryl var här med mig.

Det är bara att sätta igång. De drogar mig och går in för att rädda min son.

Jag är helt borta, kan varken se eller känna någonting. Jag ser sjukhuspersonalen röra sig. Jag lyssnar på maskinerna. Jag hoppas och ber att min son ska klara sig.

De lyfter upp honom så att jag kan se honom.

Han gråter inte.

Han är blå.

Jag skriker.

Någon sticker en nål i min arm.

Jag sover med vetskapen om att min son är död.

***

Jag vaknar och minns.

"Vill du hålla honom?" frågar en sjuksköterska.

Jag nickar.

Hon lämnar rummet.

Jag stiger upp ur sängen.

Min son kommer in i en glasmonter insvept i en grön filt. Han har en matchande stickad mössa.

Hon ger honom till mig. Tårarna rinner nerför mina kinder när jag kysser hans svala panna och ser oss reflekteras i spegeln på andra sidan rummet.

Jag går mot den.

Jag är fortfarande mamma. Håller i min son.

Jag kysser vart och ett av hans ögonlock.

Marken under mina fötter börjar skaka när solen skriker ljus in i rummet och in i spegeln och in i min son.

Hans ögonlock öppnas. Han ser mig. Han känner mig.

Sedan är han borta.

Jag snubblar och håller ingenting i mina armar.

Där i spegeln håller Darryl vår son.

"Jag älskar dig", säger Darryl och kysser hans panna.

"Jag älskar dig också", säger jag när vår son börjar gråta.

Spegeln börjar snurra, först långsamt, sedan tar det fart. Den stöter och gnisslar och vrider sig som om den skulle flyga iväg.

Hypnotiserad kan jag inte titta bort.

Darryls hand sträcker sig ut ur spegeln och jag tar den.

Och vi är tillsammans för alltid Darryl, vår bebis och jag

DÖDSÖNSKAN

D ET VAR SVÅRT FÖR honom att tänka på något annat.

Han levde i den perfekta tiden. En tid då han kunde hitta vad som helst på nätet.

Videor och foton. Allt han behövde veta om det. Till och med sådant som skrämde livet ur honom! Och han kunde göra det på jobbet eller hemma.

Allt han behövde göra var att hålla flera flikar öppna, och när han behövde, växla fram och tillbaka. Det var som om han var en spion som lekte katt och råtta och bara han visste att det pågick en lek.

Han tillbringade varje vaken timme - eller så mycket han bara kunde - med att göra efterforskningar. Han arrangerade och omarrangerade pusselbitarna. Förberedelser var nyckeln. Att få ihop allt tills han var redo. Då skulle det bli enkelt, och med alla fakta på bordet skulle han eliminera möjligheten att misslyckas.

"Att misslyckas är inte ett alternativ", sa han till sig själv och undrade vem som hade sagt det först. Nyfiken googlade han det. Han hittade en bok med samma namn som tillskrivs Gene Kranz, Flight Director på NASA:s Mission Control.

Problemet med att forska på Internet - distraktioner. Så lätt att komma av banan. Ner i ett mörkt hål. Om han inte höll koll på det skulle tiden flyga iväg och snart skulle han vara alldeles för gammal för att göra det.

Och så var det avbrotten. Livet hade sina intrång, både bra och dåliga. Man kunde gå genom livet och göra saker man älskade eller saker man hatade, men hur som helst rann tiden ifrån en och det fanns inget man kunde göra för att kontrollera den.

Allt man kunde göra var att stänga dörren och hoppas och önska bort världen. Ibland var det inte en särskilt bra känsla för de människor i ens liv som man älskade, som ens fru. Eller din hund.

Ibland kände han att han borde falla för att bekänna allt för sin fru. Att kasta sig för hennes fötter. Men sedan tänkte han på hur det skulle kännas om hans hemlighet inte bara var hans hemlighet. Hur han skulle behöva svara på frågor och hur hans beslut skulle vara öppna för diskussion. Varje liten del av honom skulle dras isär som en julkaka.

Nej, bestämde han sig. Hemlighetsmakeri var det enda sättet. Dessutom skulle hon oroa sig. Och hon kanske skulle blanda in andra människor, som hans föräldrar eller hennes föräldrar eller deras vänner. Då skulle katten vara ute ur säcken.

Han undrade varifrån den frasen kom. Han sökte på det och skrattade åt debatten på nätet, särskilt de tyska och holländska jämförelserna med "grisen i säcken". Han scrollade nedåt för att få reda på författarens namn, men gav upp när hans fru "he-hemmed" bakom honom. Han bytte skärm till något neutralt.

"Några minuter till", sa han.

Hon stängde dörren bakom sig.

Varje gång hon stack in huvudet innanför dörren... Även när hon var borta... Han kände sig som om han var sju år gammal igen och ertappad med handen i kakburken.

Jäkla katolicism, tänkte han.

Han kände sig skyldig till allt.

Det var ju inte så att han runkade eller något sådant.

Han arbetade.

Mestadels arbetade.

Visst, han fick inte betalt, men det var fortfarande arbete. Det hade ett syfte. Han sökte på ordet "arbete". En definition var "en form av tortyr".

Han skrattade.

Han försökte fokusera, men det gick inte för han kände sig så förbannat skyldig. Som om hans fru ständigt var på honom. Skällde på honom - vilket hon inte gjorde. Hans sinne ropade: "Spelar jag ingen roll?" Han höll för öronen och kröp ihop. Bara tanken på att hon fördömde honom, att hennes ord skar genom honom som smör, fick honom att bita sig i tummen...

"Biter ni er i tummen åt oss, sir?" frågade han det tomma rummet.

"Sa du något?" frågade hans fru genom den stängda dörren.

"Nej", svarade han. Sedan under andan: "Jag biter mig inte i tummen på er."

Detta var de enda rader från Shakespeare som han kom ihåg. Precis som Shakespeare var han lite av en dramaqueen.

Han gick tillbaka till jobbet och kände sig nu skyldig till att ha ljugit för Jayne.

Det var inte heller så att han tittade på porr eller något liknande. En del av hans kompisar hade sina hemliga nöjen på nätet, men det var inte hans grej. När de skröt om sina erövringar fick det honom att vilja försvinna. En av hans gifta vänner hade registrerat sig på flera av de där dejtingsajterna. De skickade bilder till honom på sina telefoner, och han hade inte ens träffat dem personligen. Och så var det porrmissbrukarna på nätet. De pratade om det, till och med skröt om det.

Det fick honom att må illa. Det fick honom att skämmas över att vara man.

Å andra sidan var många av fruarna ute och köpte rosa handbojor efter att ha läst den där sexiga boken på topplistan. Hans fru försökte också läsa den, men eftersom hon var engelsklärare kunde hon inte komma förbi det dåliga skrivsättet. Hans frus vänner sa hela tiden åt henne att ge den en chans. De sa åt henne att ignorera skrivstilen, men läraren i henne tillät henne inte att göra det.

Än en gång lät han tankarna vandra iväg. Han sökte på titeln på den sexiga boken och upptäckte en olämplig docka på YouTube som läste några kapitel. Han satte i hörlurarna och lyssnade och skrattade trots sig själv. Någon hade gjort sig mycket besvär med att sätta ihop den.

Men det var inget mer än en distraktion. Han behövde komma tillbaka till uppgiften. Han hatade sig själv när han inte kunde fokusera, och ändå var han så lättdistraherad.

Just då skällde hans hund Buddy och han tittade på sin klocka. Buddy hade varit ute i nästan trettio minuter.

Han kände sig skyldig, hoppade upp och tog några steg mot dörren utan att byta fönster. Buddy skällde igen och han återvände för att stänga sin laptop. Bättre att ta det säkra före det osäkra, tänkte han när han lämnade rummet och gick ner i korridoren.

"För lite, för sent", sa Jayne med ett skratt i hans riktning när Buddy kom studsande mot honom.

"Förlåt", sa han, "jag hörde honom precis."

"Ingen fara", sa hon, "jag var närmare." Sedan återgick hon till att läsa och rätta sina elevers uppsatser.

Han och Buddy gick tillbaka längs korridoren och in på hans kontor. "Förlåt, Bud", sa han när hunden satte sig på golvet och började slicka honom i ansiktet. "Har du saknat mig, Buddy?" frågade han upprepade gånger medan Buddy skällde ett ja.

"Det är bäst att jag återgår till arbetet, Bud", sade han uppgivet.

Han återvände till sitt kontor. Satte sig ner, fast besluten att nu fokusera.

Han lutade sig närmare skärmen och vägde hela tiden för- och nackdelar. Han skrev inte ner något eller gjorde några anteckningar. Om han gjorde det kunde någon hitta dem och läsa dem. Då skulle han behöva förklara allt, och det var inte en konversation han ville vara en del av, nu eller någonsin.

"Vill du ha en kopp te?" Jayne ropade från köket.

"Nej tack", sa han.

Distraktioner och ännu fler distraktioner. Fem enkla ord som "Vill du ha en kopp te" kunde få hans hjärna att gå i spinn. Han började tänka på det ena och det andra och hur allt hängde ihop. Innan han visste ordet av var han en liten pojke som gungade på gungorna i föräldrarnas trädgård. Sedan såg han sig själv gunga från ett träd i parken. Han skulle vara för utmattad för att göra några efterforskningar. Inte fysiskt utmattad, förstår du, utan mentalt.

Men idag var det mest hans dag. Det var söndag och Jayne skulle ägna större delen av dagen åt att rätta papper och sedan förbereda middagen. Visst, hon förväntade sig att han skulle komma ut ur sin "grotta" någon gång. Det var vad hon kallade hans kontor. En direkt referens till den där boken hon hade sett på Oprah. Hans fru hade gett honom ett exemplar i present och hoppades att det skulle få honom att komma ut ur sin mansgrotta. Han kunde inte minnas tillfället, men från vad han hade försökt läsa verkade det som skräp.

Jayne knackade igen.

Han hann precis klicka sig vidare till företagets hemsida igen innan hon lade armarna om hans hals och kysste honom på huvudet.

Han drog ofrivilligt ihop axlarna. Han gömde sitt arbete och inbillade sig att hon var intresserad av vad han hade på skärmen.

Hon hade varit intresserad, för hon kommenterade att Facebook var öppet i ett annat fönster. Han kände sig som en tönt som slösade tid på att titta på Facebook en söndagseftermiddag. Eller för att uttrycka det på ett annat sätt, han kände sig som en tönt för att Jayne trodde att han på en söndagseftermiddag skulle föredra att spendera sin tid med att läsa Facebook - istället för att spendera tid med henne. Så var det inte alls, och han ville att hon skulle vara säker på det.

Men samtidigt tänkte han att vad hon än tyckte vid den här tidpunkten så var det kanske en diskutabel fråga.

Han bläddrade ner i sin jobbmejl och låtsades vara extremt upptagen när ett statusuppdateringsfönster dök upp. Han stängde det snabbt och önskade att Jayne skulle försvinna.

"Är du redo att åka ganska snart, älskling?" frågade Jayne.

"Visst, ge mig fem minuter", sa han, och när hon närmade sig dörren, "eller kanske tio?"

"Okej, då blir det tio, men du behöver verkligen lite frisk luft idag. Dessutom ska jag göra i ordning Buddys bly, så kan han följa med också."

"Bra idé", sa han och visste mycket väl att Buddy såg fram emot att gå ut mer än vad han gjorde.

***

Det räcker med att säga att deras äventyr utanför dörrarna inte varade särskilt länge. Det ledde till köpcentret. Folkmassor. Löntagare. Tidsslösare. Nästa veckas hemorrojder H-ers. Han log men kände inget behov av att dela med sig av sitt skämt till Jayne.

Jayne erbjöd sig att plocka undan allt, så han lät henne göra det.

Han ville och behövde komma in i sin lya och stänga dörren. Han gjorde som en sköldpadda när han väl var inne med sin skjorta runt huvudet. Han satt där så och sökte tröst och tystnad tills han var tillräckligt lugn för att börja sin forskning igen.

När hans huvud dök upp igen kunde han höra Jayne laga middag. Hon hummade tillsammans med den gamla radiokanalen. Han föreställde sig Jayne vid spisen och Buddy som satt där och tålmodigt väntade på en smakbit eller två.

Det var Bud-meister för dig. Han väntade alltid, och med de där dovögonen var man tvungen att ge honom något. Han skulle verkligen sakna den där hunden.

Han knäckte knogarna ett par gånger som en professionell pianist. Sedan drog han fingrarna över tangentbordet. Google-sökning. Det som dök upp var dock helt annorlunda än något han någonsin hade sett förut!

Det fanns på nätet. Det fanns faktiska videor av människor som gjorde det. Gjorde det! När han tittade på den första kändes det nästan som om han hade varit personen i videon. Hans hjärta bultade och det gjorde även hans puls. Han kunde inte tro att bara se en video kunde orsaka en sådan reaktion.

Någon borde klaga på det här, tänkte han och sedan, jag borde klaga på det här. Men det tänkte han inte göra. Han tittade på en till, och en till, och en till. Varje gång kände han att han själv var den intressanta personen. Varje gång hoppade hans hjärta nästan ut ur bröstet.

Han stängde av den. Det var för mycket. Alldeles, alldeles för mycket!

Han fortsatte att spela upp det han hade sett om och om igen i sitt huvud. Han kunde inte fly från det. Och ju mer han tänkte på det, desto räddare blev han. Ju mer rädd han blev, desto mer försvagades hans mod, tills han undrade om han skulle klara av det.

Allt fanns i ögonen. De panikslagna ögonen på offren!

Han funderade över deras ansiktsuttryck. Bestämde sig för att de såg ut så för att de, till skillnad från honom, inte hade gjort någon efterforskning i förväg.

Han tänkte att de bara måste ha bestämt sig och gjort det. Den här idén kunde han inte förstå.

Det var alldeles för riskabelt, och tänk om de ändrade sig?

Tänk om han själv ändrade sig i sista minuten?

Han ville inte att det skulle hända honom.

Han var verkligen annorlunda än dem.

Kanske var han överdrivet försiktig.

Kanske var han för slö och för tråkig för att kunna förändra sitt liv - för att kunna ta kontroll över sitt liv. Allt på grund av det faktum att han hade varit i händerna på företagets löpband under så väldigt lång tid. Han och alla de andra hamstrarna. På och av, av och på utan att ha något att visa upp.

Han hatade sitt liv. Ja, han älskade Jayne, och han älskade Buddy - men livet är mer än bara arbete och säng.

Ja, att älska var trevligt, och att gosa var trevligt. Vänner och familj och allt det där känslomässiga mumbo jumbo var trevligt. Men livet måste ha mer att erbjuda. Det måste det bara! Och han tänkte sträcka ut handen och ta tag i ringen innan det var för sent.

För han visste att om han inte gjorde något för att få sin existens på den här planeten att betyda något snart - då kunde han lika gärna inte ens ha varit här.

Han stängde sin laptop, lade ner huvudet och somnade.

****

I sin dröm hade han inga ben. Han var bara ett huvud och en torso, som satt vid skrivbordet och skrev. Han hade inte heller någon speciell stol. I drömmen satt han på samma stol som alltid, med rullar på benen. När han skrev fick vibrationerna från fingrarna som rörde sig över tangentbordet hans överkropp att röra sig och svaja. Eftersom stolen inte hade några armar lutade hans överkropp i riktning mot den hand han skrev med. Det var konstigt, men han var inte rädd för att falla i sidled. Han kände sig orädd och märkligt nog inspirerad.

Sedan började en sång spelas mycket högt, någonstans i bakgrunden. Det var Mozart eller Beethoven eller någon av de där klassiska kompositörerna. Något i hans huvud fick honom att längta efter att knacka på tårna - men han hade inga tår. Han vaknade och gav ifrån sig ett skrik.

Jayne och Buddy kom springande och slängde upp dörren. "Du har ett äppelavtryck på kinden", sa Jayne när hon insåg att han mådde bra.

"Förlåt", sa han.

"Middagen är nästan klar", informerade hon honom.

"Okej", sa han.

Hon gjorde en rörelse för att stänga dörren bakom sig, men han sa att det var okej att lämna den öppen. Hon hade ett frågande uttryck i ansiktet men sa inget mer.

När han gjorde henne sällskap i köket gick han till kylskåpet för att hämta en öl. De åt middag i en trevlig men inte pratsam miljö. De älskade varandra, men ibland var kärleken inte tillräcklig.

Inte tillräckligt när Jayne fick reda på att hon inte kunde få den familj hon ville ha. Hon hade genomgått test efter test och allt verkade fungera som det skulle. Men så testades han, och deras förhoppningar och drömmar föll i bitar. Han hade inte tillräckligt många friska simmare. Det var då allt hopp om att få bilda familj dog.

Till en början tog hon det med ro. Det var nästan som om hon var lättad, eftersom problemet var hans istället för hennes, vilket var bra - men det fick honom på något sätt att känna sig mindre värd än en man. Han pratade aldrig med henne om det. Eller någon annan, för den delen.

Efter den första chocken övervägde de andra alternativ som adoption, IVF eller surrogat. Inget av dessa alternativ tilltalade honom. Innerst inne kände han att Jayne förtjänade någon bättre än han. Någon som kunde ge henne allt hon ville ha.

Det var ungefär vid den tiden som han och Jayne hade kört hem från någonstans och de lade märke till ett djurhem. Hemlösa hundar och katter. Paret hade inte övervägt möjligheten att adoptera ett husdjur tidigare.

"Vi kan väl ta en titt", föreslog Jayne.

"Det kan väl inte skada", sa han.

Väl inne på djurhemmet blev de hårt drabbade av skällandet och mjauandet. Två kakaduor deltog i tjattret.

Han kände sig klaustrofobisk och ville komma ut.

Jayne började prata med en av kakaduorna och de verkade gilla tonen i hennes röst. Hon tittade på honom med ett hoppfullt uttryck.

"Jag håller inte med om att man sätter fåglar i burar", sa han.

"Hmmm", sa hon medan hon gick vidare mot katterna. "Så många", konstaterade Jayne. "Det skulle vara svårt att välja."

"Jag skulle föredra en hund", sa han.

"Hmmm", upprepade hon.

Följaktligen ledde deras vandring runt djurhemmet dem till Buddy. Hans namn var då inte Buddy.

Hundhemmets personal hade döpt honom till Buster, och han hade varit på hundhemmet i drygt en månad. Han var en stor pälsboll med fötter som var för stora för hans kropp. Han trampade klumpigt sin väg mot dem. Snubblade och kraschade. Hundföraren försökte förgäves tygla honom. Men det var som om Buster hade ett enkelspårigt sinne.

Han gick rakt mot dem. Han lade sin kropp på marken vid deras fötter. Hunden tittade rakt in i hans ögon och det var ingen tvekan om att Buster skulle adopteras den dagen.

"Kan jag ändra hans namn till Buddy?" frågade han.

"Jag vet inte - prova", föreslog hundföraren.

"Kom hit, Buddy", sa han. "Kom hit, pojken."

Buddys öron åkte bakåt och han hoppade upp i hans famn. De blev en familj på tre den dagen, och från den stunden kretsade deras liv kring Buddy.

Hans ögon tårades fortfarande varje gång han mindes det ögonblicket. Han skulle sakna Buddy och han skulle sakna Jayne, men de skulle komma över det. De skulle gå vidare, med tiden, och de skulle bli bättre för det.

Det var i alla fall vad han intalade sig själv.

På kvällen gick de till sängs samtidigt. Hon läste en bok och han försökte läsa, men ingenting kunde fånga hans uppmärksamhet. Så han bara tänkte och stirrade och tänkte och stirrade. Och när Jayne pratade med honom om boken hon läste nickade han, men han lyssnade inte riktigt. Hon förväntade sig inte heller att han skulle göra det. Buddy satt längst ner i sängen och snarkade långt innan de gjorde det.

När hon somnade gick han upp och gick i takt. Han lät inte Buddy gå med honom, eftersom hans tassar som trampade upp och ner i hallen skulle ha väckt Jayne. Någon gång under natten kom han på att han agerat förhastat. Han hade intalat sig själv att han bara behövde ta sig igenom en vecka till på jobbet och sedan skulle allt lösa sig.

Han förhalade, det visste han, men ingenting hade förändrats.

Det var oundvikligt.

***

Ändå kom måndag morgon och larmet gick.

Han gick till Buddy och åt lite rostat bröd med smör. Drack en kopp kaffe och kysste Jayne farväl innan han körde till kontoret. Han satt i trafikstockning i tjugo minuter. Han lyssnade på nyheterna och pratade tills han längtade efter tystnad. Han andades in djupt när bilarna rörde sig framåt med jämna mellanrum.

"Varför väntar jag i trafiken varenda dag för att komma till ett jobb som jag hatar?" frågade han sig själv högt.

"Varför är jag en sådan gnällspik?" svarade han med en annan fråga.

För att du måste göra något, sa en röst i hans huvud. Du måste få igång ditt hjärta. Du måste vara orädd. Du måste kissa eller kliva av potten!

Lättare sagt än gjort, tänkte han. Lättare sagt än gjort.

På kontoret hälsade han på receptionisten som sa att chefen väntade där inne.

"Hade vi ett möte inbokat?" frågade han medan han bläddrade igenom schemat på sin telefon.

"Nej", bekräftade hon.

Han kände en svettdroppe i pannan när han gick in på sitt kontor. Hans chef ställde sig upp och de hälsade och skakade hand som om det var första gången de träffades.

Märkligt, tänkte han, jag har ju jobbat här i sju år.

"Sätt dig", sa hans chef. Det lät som en direkt order, så det gjorde han, trots att han befann sig på sitt eget kontor. På sin egen hemmaplan.

"Vad kan jag göra för er, sir?" frågade han.

"Det har kommit till min kännedom att du har spenderat en hel del tid - nej, jag måste vara ärlig mot dig - en hel del tid på Google på sistone. Du har inte fått in några nya kunder. Ärligt talat, jag är - vi är, som ett företag du vet, vi är oroliga, för du håller inte din egen. Du drar ditt strå till stacken. "

Han tvekade i några sekunder. Hans mun hade öppnats, men sedan stängde han den och sa ingenting.

"Vad har du att säga till ditt försvar?" frågade hans chef, "Någon, eh, förklaring?"

"Jag-nej", stammade han. "Jag bara..."

"Ut med språket, grabben", sa chefen. "Det måste finnas någon slags förklaring!"

Han skakade bara på huvudet.

"Du kanske har problem med familjen?"

"Nej."

"Alkohol? Droger? Dödsfall i familjen? Skilsmässa?"

Han skakar på huvudet och säger nej. Om det bara vore sant!

"Kom igen, mannen", sa hans chef och blev alltmer irriterad. "Ge mig något att jobba med. Vad som helst!"

"Jag har varit väldigt stressad. Mycket press."

"Ja, där har du det, grabben. Jag vet att jag tog dig på sängen genom att oväntat komma in på ditt kontor, men nu börjar du få kläm på det, min pojke. Berätta mer för mig. Hur kan vi hjälpa dig? Jag menar, jag själv och partnerna."

"Jag vet inte riktigt", sa han. "Jag tror att det är bäst om du, eh, sparkar mig."

"Men, men, vem har sagt något om att sparka dig? Vi har inte kommit till den punkten än. Du har sju - räkna dem - sju bra år under ditt bälte här. Låt oss vara realistiska - det är förmodligen mer som sex och en halv - men du är en uppskattad medlem av vårt team. Vi vill hjälpa dig, om du låter oss göra det. Hur kan vi hjälpa till, min pojke?"

"Om du inte tänker avskeda mig, skulle du kunna tänka dig att ta tjänstledigt? Kanske en månads ledighet? Utan lön är bra. Jag har inget emot det. I-"

"Utan lön, säger du. Det finns ingen anledning att gå utan lön. Jag ska ordna med pappersarbetet idag. Vi kallar det stressledighet. En månad med full lön. Ta med din fru och Buddy och åk på en trevlig semester någonstans. Koppla av." Han reste sig upp, lutade sig över skrivbordet och de skakade hand igen.

"Tack, sir", sa han. "Tack så mycket. Tack så mycket."

"Heather kommer att ge dig papperen att skriva under innan dagen är slut. Arbeta idag, avsluta allt du kan och delegera sedan resten till någon annan. Jag skickar ut ett meddelande till hela företaget om att du får en månads ledighet - men vi kommer naturligtvis inte att säga varför." Han rörde vid sin näsa, som för att bekräfta deras gemensamma hemlighet. "Det stannar mellan dig och mig."

Han reste sig upp och följde sin chef till dörren. Chefen klappade honom på ryggen.

"Ta hand om dig och oroa dig inte för saker och ting här. Vi håller ställningarna tills du kommer tillbaka."

"Tack än en gång, sir", sa han och lyckades till och med le ett ögonblick.

Sedan satte han sig vid sin dator och återgick till sin forskning igen. I slutet av dagen samlades alla runt honom. Han hoppades att de inte hade köpt presenter eller något till honom. Det hade de inte.

Det var ett bra avsked. Han packade ner alla sina personliga saker i sin väska och kände sig mycket lättad när han satte sig i bilen igen.

Som vanligt kom han hem före Jayne. Han tog med Buddy på en snabb promenad runt kvarteret och återvände sedan till sin dator. Han tittade på sitt testamente och övervägde att göra några ändringar.

Jayne var fortfarande den enda välgöraren. Han bestämde sig för att lämna något till djurhemmet där de hittat Buddy. Det var en bra summa - de kunde hjälpa många hemlösa husdjur med pengarna, och på så sätt skulle hans liv ha betytt något.

"Kom hit, Bud", sa han. "Du måste ta hand om Jayne nu, okej? Jag räknar med dig."

Buddy hoppade upp och lade sina tassar på hans axlar. De kramades. Han torkade en tår ur ögonen.

Tillsammans gick de till köket. Han fyllde Buddys matskål och lät sedan kallt vatten rinna från kranen och fyllde hans vattenskål.

Buddy gick direkt till maten, men han fångade honom för en ny kram. Han kämpade tillbaka en snyftning när han gick in i sovrummet och började packa en övernattningsväska. Han slängde bara i det nödvändigaste, lämnade sitt pass på skrivbordet och satte sig sedan ner för att skriva en lapp till Jayne.

Den löd:

Käraste Jayne, jag älskar dig mer än något annat, men jag tror att du skulle klara dig bättre utan mig. Snälla ta hand om Buddy åt mig. Ledsen att det måste bli så här, men jag gav ett löfte om att hålla dig lycklig, och det här är det enda sättet.

XOXO oändlighet.

Din kärleksfulle make.

När han körde längs Princess Highway tänkte han på de saker han ångrade mest. Han hade inte följt sina drömmar. Han hade inte låtit Jayne följa sina. I början hade de varit en kraft att räkna med. Men nu var de - ja, saker var annorlunda. Hon hade velat resa, flyga, lyfta och dela äventyr tillsammans, men han hade alltid fegat ur.

Han ångrade rädslan. Han avskydde sig själv för rädslan.

Det fick honom att känna sig som en mindre man. Och sedan, när han inte hade tillräckligt många simmare - ja, det var droppen som fick bägaren att rinna över.

Då började han ifrågasätta allt. Varför hade han placerats på jorden? Vad var hans syfte?

Hur kunde han göra saker annorlunda?

Han mindes tillbaka till den här morgonen, när han hade kysst Jayne för allra sista gången. Hon visste förstås inte om det, men det gjorde han. Även om de inte hade gett honom en månads ledighet, skulle han inte åka tillbaka i morgon för någonting. Nej, han hade andra planer. Andra platser att vara på. Andra saker att göra.

För en gångs skull, på mycket länge, hade han ett syfte.

Han var tvungen att stanna bilen för att köra åt sidan. Han hann knappt ut ur bilen i tid. Hans händer skakade när han kräktes. Nerver. Rädsla. Ilska. Förödmjukelse. Allt strömmade genom hans system och gjorde honom orolig.

När han klev in i Lexusen igen började hans telefon ringa. Det var Jayne. Han klickade på knappen för att få den att sluta ringa och skickade samtalet direkt till röstbrevlådan. Han såg hur telefonen lyste upp en stund senare med ett meddelande. Han tryckte på knappen för att lyssna.

"Jag kom precis hem och hittade din lapp - jag förstår inte. Buddy och jag förstår inte." På given signal skällde Buddy. "Kom hem, okej? Kom hem så kan vi prata om det här. Prata om det." Hon snyftade. "Är du där? Lyssnar du? Lyssna!" Jaynes röst tystnade i några sekunder. Meddelandet tog slut. Hon ringde tillbaka igen. "Jag vet att du lyssnar, du, du - jag älskar dig. Svara mig!"

Han lade på, stängde av telefonen och lade den i handskfacket. De skulle hitta den där - efteråt.

När han körde bort från trottoarkanten fick han hjulen på sin bil att gnissla. Han varvade upp motorn, tryckte ner foten i golvet och körde iväg.

Han körde större delen av natten. Han kände sig lite paranoid över att Jayne kanske skulle blanda in polisen, men inget hände. Han hoppades att hon inte skulle bli alltför arg på honom.

Det fanns ingen återvändo.

Dessutom ville han inte det.

Han hade trots allt uppnått allt han ville - allt han kunde.

***

Han stod på toppen av berget och hans knän skakade okontrollerat. Han knuffade några stenar från kanten och såg hur de tumlade på väg mot botten. Han lyssnade när de tog sig ner, klickade och kraschade mot stenen. Till slut hörde han bara det svagaste plaskandet och sedan var det tyst.

Det var en fantastisk utsikt - De blå bergen - och nu var allt han hade läst om den helt logiskt. När man stod ända här uppe kände man sig liten i storlek och statur, men en del av något som var större än en själv. Man kände sig ett med universum och på något sätt orädd.

Just då gjorde en grupp högljudda kakaduor sin närvaro känd för honom. Deras högljudda, höga skrik fick honom att hålla för öronen.

Du behöver inte göra det här, intalade han sig själv. Du har inget att bevisa för någon. Du kan vända om och åka tillbaka hem till Jayne och Buddy, och ingen skulle bli klokare. Jayne skulle förstå om du bara förklarade vad som hade hänt på kontoret. Hon skulle förstå och stötta dig.

Han funderade på detta ytterligare en stund medan han såg hur molnen drog fram över himlen.

Sanningen var att han inte kunde leva med sig själv. Med den ständiga rädslan. Det var för mycket för honom att lägga åt sidan och åka hem igen och låtsas att det aldrig hänt. Om han gav upp nu och återvände till livet som det var, skulle han inte kunna se sig själv i spegeln. Han skulle inte vara en man längre, inte på riktigt. Han skulle inte vara någonting. Hans liv skulle inte betyda någonting.

"Det är nu eller aldrig", sa han.

Och när ögonblicket kom tänkte han inte på det längre.

Han var helt inställd på det, för första gången i sitt liv.

Han gick närmare kanten och lät helt enkelt kroppen falla framåt, med huvudet som första punkt. Det var lätt på grund av den branta nedgången. Snart seglade hans axlar, överkropp och ben nedåt i perfekt synkronisering.

Han skrek. Han kunde inte låta bli. Han knöt ögonen hårt och koncentrerade sig medan vinden kastade och skakade honom som en marionettdocka.

Han tvingade sig själv att öppna ögonen och det var som om han flög.

Det kändes som om han var viktlös, och det verkade som om det var meningen att han skulle vara precis så här - sväva. Han skrattade när han sjönk mot botten som en sten.

Allt var över på några minuter.

"Helt sjukt!" utbrast han när han hängde upp och ner i änden på en bungee-sträng.

"Igen! Igen!" ropade han när de drog in honom igen.

GOTT BYE

"BERÄTTA HISTORIEN OM FÖRSTA gången du träffade pappa", frågade min sjuåriga dotter trots att hon hade hört samma historia många, många gånger.

"Är du säker, älskling?" frågade jag och visste mycket väl vad hon skulle svara.

"Snälla!" sa hon och tittade på mig med de stora blå ögonen som hon hade ärvt från sin pappa.

"Den långa eller förkortade versionen?" frågade jag och sköt bort en hårslinga från hennes ögon.

"Den långa!" sa hon och applåderade som om hon aldrig skulle somna.

"Shh," sa jag. "Hmm, var började allt det här?"

"'Hej då', sa pappa", ropade min dotter.

"Det stämmer älskling", svarade jag och utelämnade delen om att hennes pappa knuffade mig mot bildörren.

Jag tog min handväska, stack armen genom remmen och kastade min vikt mot dörren som om jag vore en linebacker och tryckte upp den. Jag tog min högra högklackade sko först och det tog inte lång tid innan jag insåg att vi hade stannat bredvid en ankeldjup vattenpöl. Innan min hjärna hann registrera detta för att undvika att min vänstra fot trampade ner i den, hade den redan gjort det. Men jag var på väg ut, på väg bort oavsett vilka skador det gjorde på mina favoritskor.

"Jaha", sa jag, nu helt ute ur fordonet med ryggen mot föraren.

"Då trampade du i en vattenpöl!" skrek min dotter.

"Ja, och din pappa fnissade när han körde iväg med en sväng av bakdäcket så att pölens innehåll sprutade ut på resten av mig. Jag borstade bort det smutsiga, kalla och stinkande vattnet innan det fastnade på min klänning. Med den andra handen höjde jag mitt långfinger i riktning mot det övergivna fordonet,"

Jag stoppade mig själv eftersom jag hade glömt att redigera bort den biten.

"Varför gjorde du det?" började min dotter.

"Strunt samma", fortsatte jag, "precis i tid för att få en skymt av min handväska som studsade bredvid fordonet. Ack! Den svarta handväskan hade gjort mig lycklig i tio år eftersom den passade till allt och i alla situationer. Den hade dubbla funktioner och kunde bäras antingen över axeln eller över axeln och över bröstet. Den hade inbyggda fack för allt, inklusive min telefon."

"Åh nej, din telefon!" utbrast hon.

"Ja", sa jag och log. "Hur skulle jag någonsin kunna ta mig ur den här knipan? Ännu viktigare är att du undrar hur jag kom till den här punkten från första början. Det ska jag berätta om en stund, men först måste jag bedöma min situation. Ta reda på läget och ta kontroll. Först tömde jag mina skor på vatten när jag klev av vägen, genom det daggvåta gräset och upp på trottoaren. Jag tog på mig skorna igen, våta som de var valde jag det våta framför eventuella läskiga nattkryp som kunde lura i närheten och tog mig till närmaste gatlykta.

"Nu placerade jag händerna på höfterna i en Wonder Woman-ställning och började göra upp en plan för hur jag skulle ta mig ur den knipa jag hade hamnat i."

"Det var ett trevligt område", sa hon.

"Med välskötta gräsmattor och inte ett ogräs eller fordon i sikte - de var alla säkert undanstoppade i sina dubbel- eller trippelgarage. Trevliga hus, trevliga människor. Eller hur? Så jag bestämde mig utan dröjsmål för att välja ett hus, knacka på ytterdörren och be om hjälp. Jag valde huset med lyckonummer sju och gick mot det. På vägen dit,"

"Du tyckte synd om dig själv, mamma."

"Det gjorde jag verkligen. Jag förtjänade inte att vara strandsatt mitt i ett okänt område, sent på kvällen, våt, stinkande och utan pengar. När jag närmade mig den utvalda, nummer sju, hördes ett sus i luften, följt av en automatisk sprinkler som spolade sin väg. Jag sprang inte först, jag var redan blöt, men när vattenströmmen vände sig mot mig, skrek jag och sprang iväg. Nu var mitt ansikte blött av tårar som jag inte hade gråtit när jag korsade gräsmattan på det hem som jag hoppades skulle rädda mig. Nummer sju."

"Du ska aldrig prata med främlingar, mamma", sa min dotter.

"Det stämmer, älskling, men jag var i knipa och våt och utan min telefon. Du har alltid din telefon och numren till pappa och mormor och moster Lil finns i den."

"Och jag kan ditt nummer, pappas och mormors i mitt huvud."

"Det är rätt baby. Så, tillbaka till berättelsen. Börjar du inte bli lite trött än?"

"Nej, jag väntar fortfarande på den bästa delen!"

Jag fortsatte: "Nu när jag var här undrade jag vad klockan var. Och jag undrade om någon var hemma. Och jag undrade om de skulle hjälpa mig om de var hemma. Jag var våt, smutsig och hade ingen legitimation. Mitt självförtroende minskade för varje ögonblick när jag vände mig om och lutade mig mot dörrklockan som ekade från topp till botten i huset, medan lampor tändes och släcktes. Och jag sprang. Tillbaka mot platsen där jag hade blivit avsläppt. Bekant territorium så att säga. Jag skulle gå till en närbutik där de hade en telefon som jag kunde använda för att ringa efter hjälp och skicka pengar till dem för samtalet. Ja, det var vad jag tänkte göra tills en bil rullade upp bredvid mig och jag kände igen ett vänligt ansikte. Jag var verkligen och sannerligen räddad!"

"Det var tant Lil!" ropade min dotter och naturligtvis hade hon rätt.

***

"När jag åkte i bilen med Lil mindes jag mitt obesvarade kärleksintresse i Jasper Winters. Jag hade sett honom på avstånd, hans blonda vågiga hår, blå ögon, hans näsa med fräknar överallt. Han var så söt, så omtänksam. Han var alltid ihop med en eller annan tjej och mina vänner sa till mig att min besatthet av honom började närma sig stalkerstadiet. Det var därför jag gick med på att gå emot det jag alltid hade vägrat att göra - gå ut med en total främling på en blinddejt. Ja, det var med samma kille som nu höll min handväska som gisslan. Hans namn: Adam Trent."

"Min pappa!" ropade hon. "Det är det bästa."

Jag log.

"Det hade varit vårt första möte, tidigare idag i matsalen på köpcentret. Vi hade kommit överens om var vi skulle träffas och det var på en offentlig plats. Någonstans där vi kunde prata med mycket folk omkring oss. Denna miljö skulle ta bort pressen. Få luckorna när ingen av oss hade något att se att kännas mindre gappiga. Finns det ens ett ord för gappy? Jag vet inte, men du fattar kontentan. Genom vår gemensamma vän kom vi överens om att det var ett tillfälle för oss att lära känna varandra ansikte mot ansikte. Om det fanns en koppling, kom vi överens i förväg att ställa in nästa möte som skulle innehålla antingen en film eller middag. Nästa steg endast om vi båda kände samhörighet. Annars var vi båda överens om att det var hasta la vista baby! Adios och good riddance! Om jag bara hade vetat då vad jag vet nu! Då hade jag inte varit i den här situationen. Men som man säger, efterklokhet är 20/20. När jag först fick syn på honom på andra sidan food court var han inte den typen av kille som stack ut i en folkmassa. Jag gillade genast det hos honom, att han smälte in precis som jag och när jag rullade hans namn, Adam Trent på min tunga när jag sa det, passade det honom och jag slappnade genast av."

"Kärlek vid första ögonkastet", utbrast min dotter.

"Det var det", sa jag. "Efter att vi presenterat oss och knuffats lite eftersom vi båda bar våra obligatoriska masker frågade han vad jag ville ha att dricka och gick iväg för att hämta kaffe. Han fick min beställning rätt, grädde och ett socker vilket visade mig att han var en bra lyssnare jag kände mig hoppfull. När vi satt och drack vårt kaffe pratade vi med en känsla av förtrolighet, som om vi var mer än bekanta, närmare vänner. Han skrattade, inte för högt. Jag hatade människor som skrattade riktigt högt och drog uppmärksamhet till sig själva. Adam var inte sådan. Han var omtänksam, snäll, förstående och det kändes normalt att prata med honom. Eller ska jag säga som det nya normala eftersom vi pratade fritt medan vi bar våra skyddsmasker. Ändå tror jag inte att jag hade haft fel när jag tänkte att om någon observerade oss skulle det vara tydligt för dem att vi kände oss bekväma i varandras sällskap. Vårt samtal gick snabbt från det ena till det andra och snart berättade han för mig att han skulle börja på universitetet till hösten. Jag informerade honom ganska klumpigt om att jag skulle ta ett sabbatsår. Jag berättade inte detaljerna, att jag behövde tjäna pengar innan jag kunde återvända. Det var för mycket information och inte något han behövde veta om mig. Jag berättade inte heller att jag hade vunnit ett stipendium för att läsa klassisk engelsk litteratur."

"Jag hoppas kunna läsa litteratur från det tjugonde århundradet", avslöjade han.

"Wow!" Jag utbrast: "Jag vill läsa klassisk engelsk litteratur!"

"Med denna stora gemensamma kärlek till litteratur skulle vi lätt kunna skapa en koppling, eller hur? Vi skulle ha en bro från ett litteraturland till ett annat. Han skulle upptäcka mina favoritförfattare och jag skulle upptäcka hans och vi skulle leva lyckliga i alla våra dagar. Det var vad en del av mig tänkte. Med den andra lyssnade jag när han sjöng lovsånger över sin gudalika favoritförfattare i världen - Kurt Vonnegut. Han fortsatte att berömma och hylla allt i sitt val av den bästa romanen genom tiderna - Slakthus fem."

"Tills han gick för långt", sa min dotter.

"Ja, alldeles för långt. Faktiskt så långt att jag inte hade något annat val än att försvara de verkliga mästarna, som Shakespeare, Dickens och Twain, vars verk har stått emot tidens tand. Efter att hans ansikte återfått sin normala färg slängde han in några Vonnegut-ismer i samtalet, till exempel: "Bara i böcker får vi veta vad som egentligen pågår."

"Det var ett böckernas slag!" sa min dotter.

"Ja, och vårt första argument. Jag sa: "Snacka om att konstatera det uppenbara!" innan jag slog tillbaka med Mark Twains: "Det är bättre att hålla munnen stängd och låta folk tro att man är en idiot än att öppna den och undanröja alla tvivel." Jag hade läst någonstans att Twain var en av Vonneguts favoritförfattare. Det var i alla fall en bra sak med honom.

"Han reste sig, sträckte sig över bordet och kysste mig länge och hårt från mask till mask. Precis där i mitten av matstället. Det var som svar på att jag hade tagit hans hand när han hade sagt att Vonnegut var vår tids Shakespeare. Han hade sagt det med sådan övertygelse, från sitt hjärta och sin själ att han nästan fick mig att tro att det var sant."

"Dem du kysste! Usch!" sa hon och höll för ansiktet.

"Kyssen, även om den var plötslig och oväntad, hade varit het trots att vi hade masker mellan oss. Vi hade inte märkt att andra i foodcourten stirrade på oss - vi lät det pågå för länge. När vi kom ifrån varandra satte vi oss ner igen och brast ut i skratt. Vi bestämde oss genast för att se en film i köpcentret. På vägen till biografen försvann den där kontakten. Om vi gillade samma filmer, skulle vi kunna återuppliva den? Då skulle allt inte vara förlorat? Vi pratade om vilka filmer han gillade och kom överens om att Tom Cruises senaste film skulle passa oss båda - men den hade redan börjat så det blev inget med det. Vi kunde inte komma överens om någon annan film.

"Vi kan väl gå och äta något", föreslog han.

"Klockan var då nästan tio - jag var också utsvulten. Allt vi hade druckit var kaffe och det var länge sedan och vi hade känt doften av popcorn under en längre tid."

"Det är okej för mig", sa jag.

"I gallerian eller ute?" frågade han.

"Jag sa att vi skulle ta lite frisk luft, så vi gick ut ur köpcentret och in i parkeringsgaraget. Vi gick omkring i över trettio minuter innan han berättade att han inte kom ihåg var han hade parkerat.

"Sedan tog du av dig skorna."

"Vonnegut sa: 'Vi är vad vi låtsas vara, så vi måste vara försiktiga med vad vi låtsas vara.'" Han tog en paus. "Du är inte särskilt kvinnlig, eller hur?"

"'Är du en man?'" frågade jag och citerade Lady Macbeth. Jag fick genast dåligt samvete för just det citatet och bytte snabbt ämne: "Hur är det med kortet? Du vet, där man betalar? Står det inte vilken nivå du parkerade på?"

"Jag vet att jag parkerade på DENNA nivå", sa han och fortsatte att trycka på knappen på sin nyckelring och lyssna efter ett svar som en fågel som ropar efter sin partner. När bilen och nyckelknippan till slut fann varandra var klockan närmare 23.00.

"Nu i bilen, med stegar som löpte uppför båda mina ben och svarta undersidor på mina fötter, tog jag ett djupt andetag och försökte slappna av. Mat skulle definitivt hjälpa på mitt humör och förhoppningsvis även på hans. Det var inte för sent för oss att börja om. Vi hade kommit så bra överens fram till den litterära krocken. Säkerhetsbältena spändes fast, han tryckte ner foten i golvet och vi åkte iväg, runt parkeringsplatsen och ut på gatan. Vi körde runt ett bra tag och lyssnade på countrymusik. Han sjöng med, medan jag kämpade emot lusten att säga, yippie ki-yay!"

"Så, vilken typ av mat gillar du?" "frågade han efter att vi hade lyssnat på det senaste tacorestaurangförslaget på radion."

"Jag är inte hungrig längre", svarade jag och trodde att han, med tanke på förslagets aktualitet, ville ta med mig till en tacosrestaurang. Jag hatade tacos. Hur kunde det ens passa in i hans kvinnliga kriterier att äta en taco med kött och grejer som trillade ner överallt? Jag ville inte veta. Mest av illvilja sa jag: "Shakespeare är litteraturens kung och Vonnegut är bara en gycklare i jämförelse."

"Sedan bromsade pappa."

"Vi var det enda fordonet ute i förorten - mitt ute i ingenstans och det är historien om hur din pappa och jag träffades första gången", sa jag, reste mig och stoppade om min dotter. Hon sträckte på sig, gäspade och en stund senare sov hon djupt. Jag stängde dörren på vägen ut och gick till vårt rum.

ENDAST TWENTY

NÄR MOSTER GIN DOG fick endast tjugo gäster utanför vår familjebubbla närvara vid begravningen. Detta antal var begränsat på grund av pandemin. Social distansering och masker var obligatoriskt under hela dagen. Detta inkluderade ceremonin på begravningsbyrån, begravningen och måltiden.

Eftersom moster Gin visste att hon närmade sig slutet av sitt liv valde hon personligen ut de tjugo gästerna innan hon lämnade denna galna värld.

Enligt familjetraditionen ville hon fortfarande ha en öppen kista. Men med ett nytt önskemål. Hon ville också bära en mask. Moster Gin hade alltid ett märkligt sinne för humor.

"Hur i Samhelvetet ska jag kunna hålla ett lämpligt minnestal? Ett som min syster förtjänar...när jag bär en av de där dumma maskerna!" frågade Gins yngre bror Marvin.

Mitt emot Marvin satt hans andra kusin Frank. Han puffade på sin cigarett, djupt försjunken i tankar innan han svarade.

"De kommer att ha en mikrofon och det räcker."

Tant Gins favoritbrorsdotter Mary som stod i köket och lagade te ropade.

"Den kommer att vara justerbar, mikrofonen, jag menar till din längd. Så att du kan se till att din mun", hon torkade händerna på sitt förkläde och tröttnade på att skrika när hon kom in i vardagsrummet. Hon stannade upp mitt i meningen och insåg att hon hade glömt att ta med teet, så hon drog sig snabbt tillbaka. Hon återvände med en överfull bricka som skramlade för varje steg.

Frank och Marvin stirrade fortfarande i hennes riktning med munnen öppen och väntade på att hon skulle avsluta sin mening.

"Är placerad precis framför den", sa hon som om ingen tid hade gått mellan hennes första och sista ord. Nu när hon hade sagt det insåg hon att brickans tyngd fick hennes armar att skaka. Hon böjde sig fram och sänkte försiktigt ner den på glasbordet. "Tack för, eh, hjälpen", tillade hon med en ton som var skarp av sarkasm när hon satte sig på huk för att förbereda sig för att hälla upp.

Marvin och Frank lyfte inte ett finger. Vilket var normalt för dem båda. En kvinna gjorde kvinnliga saker och en man gjorde manliga saker.

Hon fyllde grytan och öppnade sedan det nya paketet med chokladkex som hon hade sparat till sällskapet. Hon och moster Gin hade alltid en låda med sina favoritkex i skåpet - men de rörde dem aldrig. Båda visste att de skulle äta upp alla om de öppnade paketet - så de tog bara fram dem när de fick sällskap.

Den unga kvinnan och moster Gin hade alltid varit busiga och i maskopi med varandra. Hon mindes att hennes moster var noga med presentationen och fördelade kexen över tallriken. Hon undrade om moster Gin tittade på från ovan. Hon suckade, även nu kändes det som om en del av henne själv saknades.

Marvin var inte helt engagerad. Istället stirrade han ut genom fönstret och funderade på om han skulle behöva bära mask. Frank puffade på en ny cigarett som han hade tänt direkt efter att den andra hade brunnit ut.

Marvin, som äntligen lagt märke till sin systerdotters mästerverk, frågade: "Vad i hela friden gör du där nere?"

"Jag förbereder te och kex", sa Mary och rörde om i kastrullen, stängde locket och svepte lite för att skynda på det hela.

"Ta då en stol eller något. Sitt inte där på huk som en..."

"Squatter", sa Frank och skrattade åt sitt skämt eftersom ingen annan gjorde det.

"Strunt samma, det är klart nu", sa Mary. Hon fyllde de tomma kopparna med den gyllene ångande vätskan. Sedan tillsatte hon en skvätt mjölk och de vanligtvis begärda mängderna socker. Själv tog hon inget socker. "Vill du ha ett chokladkex? Det var moster Gins favoriter."

"Det vore jäkligt synd att förstöra din virvlande design", sa Marvin och sträckte ut handen och gjorde precis det.

"Inte för mig", sa Frank. "Kex och cigaretter går inte ihop."

Mary serverade Marvin hans kopp te först, eftersom han var äldst. Sedan ställde hon Franks kopp på ett underlägg bredvid hans stol eftersom han var upptagen med annat. D.v.s. tände en ny cigarett. Hon grämde sig när han lade fimpen från den gamla cigaretten på tant Gins fina porslinsfat.

"Tack", ropade båda.

Mary fixerade kakdesignen igen och tittade uppåt. Sedan tog hon försiktigt bort en från varje ände och gick genom rummet och försökte att inte spilla sin överfyllda tekopp när hon gick mot tvåsitssoffan. Hon hade undvikit att sitta där nu när moster Gin inte satt bredvid henne. En del av henne kände det som om balansen i universum var rubbad utan Gin.

Innan moster Gins dagar var räknade åt hon och Mary sin middag de flesta kvällar på brickor framför TV:n i tvåsitssoffan och tittade på Coronation Street. Mary hade spelat in programmet sedan dess och väntat på att Gins ande skulle nå dit den var på väg så att de kunde titta på programmet tillsammans som de alltid gjorde.

Det var innan farbror Marvin och kusin Frank flyttade in. Innan pandemin gjorde att långväga släktingar behövde någon annanstans att bo. Nu bildade de sin egen sociala bubbla, dvs. de behövde inte bära masker i varandras närhet. Men om några timmar skulle de behöva ta på sig de fruktade maskerna vid begravningen - ingen ville vara smittbärare eller smittad.

"Vad jag skulle vilja veta är varför Gin kommer att bära mask. Det är det första", sa Marvin. "För det andra, varför hon bjöd in de släktingar hon gjorde. Vissa av dem har ju inte varit i kontakt med henne eller någon av oss på över tjugo år. Gud vet att Gin försökte hålla ihop familjen under tider då det borde ha varit en självklarhet att hålla ihop."

"Masker är obligatoriska för alla och Gin ville vara inkluderande. Och ja, moster Gin var alltid den som trodde det bästa om alla", säger Mary.

"Även när det inte var befogat", sa Frank, tände en ny cigarett och tillade sedan: "Det här fatet börjar bli ganska fullt."

Mary ställde sin tekopp på bordet, tog fatet och slängde det i soptunnan i köket. Hon hittade ett trasigt fat längst in i skåpet - moster Gin tillät inte rökning i huset så hon hade inga askkoppar - och ställde det på bordet bredvid Franks tekopp och fat. Han nickade.

"Vill någon av er ha påfyllning nu när jag är uppe?" frågade hon.

Marvin höll fram sin tomma kopp också. "Och en till av de där kexen skulle passa mig fint."

Mary tog två kex, ett från varje ände av designen och placerade dem på fatet med en tesked, innan hon hällde i te, socker och mjölk. "Jag tackar", sa Marvin och blåste på teet innan han tog en klunk.

Frank tackade nej till mer te med en handviftning. "Ingen av oss kontaktade de där dödskallarna för att vi inte tålde dem. Det kunde inte Gin heller - trodde jag i alla fall."

Marvin doppade ett kex i teet och det smulades sönder och gick sönder. Han använde teskeden för att ta upp det och sög i sig det blöta kexet innan det löstes upp till ingenting.

"De här kexen är inte rekommenderade för doppning", sa Mary och log.

"Nu säger hon det till mig", sa Marvin.

"Vill du att jag ska hämta en kopp och ett fat till åt dig?"

"Nej, du stannar där du är. Du har sprungit runt och tagit hand om oss som om du vore vår anställda personal. Jag klarar mig, men tack för att du frågade."

Mary log och bet i sitt kex. Hon njöt när chokladen smälte på hennes tunga.

Trion satt tysta och pysslade med sina tekoppar, kex och cigaretter tills Mary bröt tystnaden.

"Moster Gin hade dåligt samvete för att hon tappat kontakten med folk. Det vägde tungt på hennes hjärta och även om de tjugo gästerna - även när hon kontaktade dem - inte besvarade hennes samtal eller brev, avskrev hon dem aldrig. Faktum är att hon bad för dem varje kväll innan hon somnade."

Hennes bror var fascinerad och förvirrad. "Gin, bad för gammelfarbror Dave, som praktiskt taget dödade henne när hon bodde hos dem som barn under sommarlovet? Det är en enorm sak för henne att förlåta. Jag antar att hon blev mjuk på äldre dagar."

Mary stod med händerna på höfterna: "Moster Gin var många saker, men en sak hon inte var var mjuk. Hon hade spöat upp dem om de hade dykt upp oanmälda innan hon blev sjuk - du vet att hon hatade när folk dök upp utan inbjudan - men hon ville försonas, förlåta och glömma." Hennes ord fastnade i halsen, och det gjorde även det sista kexet som hon just hade stoppat i sig.

Frank reste sig, korsade rummet och slog henne hårt på ryggen. En delvis uppäten kaka flög genom rummet och landade i Marvins tekopp med ett plask.

"Vet du inte att man ska tugga innan man sväljer?" sa Marvin och ställde tillbaka sitt te på brickan med en avskyvärd blick.

"Jag är så ledsen", sa Mary, samlade ihop allt och tog med det ut i köket.

***

Mary sköljde ur kopparna och ställde in allt i diskmaskinen, sedan gick hon upp på övervåningen för att använda badrummet och för att städa upp sitt ansikte. Hon hade gråtit och ville inte att någon skulle se det. På väg ner för trappan hörde hon höjda röster. Hon tog sig snabbt ner.

"Jag älskade min syster mer än någon annan i hela världen!" sa Marvin. "Men jag förstår inte varför det skulle vara ett problem för dig att hon bad mig hålla minnestalet!"

"Såja, såja", sa Mary.

"Jag skulle bara ha varit bättre på det", sa Frank. "Jag har blivit tillfrågad förut och jag skulle vara mindre känslosam, mindre dömande."

"Varför just du!" sa Marvin och höjde sina knutna nävar i luften och viftade med dem som om han gjorde en imitation av en boxare från svunna tider.

Frank korsade rummet, också med höjda knytnävar. Det var som en geriatrisk, kaukasisk version av Ali vs. Foreman.

De två stod tå mot tå, öga mot öga, tills Mary började vråla moster Gins favoritmelodi: "Hush little baby, don't say a world, papa's going to buy you a mockingbird."

Marvins ögon fylldes av tårar och han släppte sina knytnävar och sänkte sig sedan ner i en stol.

Frank stod som förstenad och mumlade orden till resten av sången medan Mary sjöng dem. När hon hade sjungit klart gick han tvärs över rummet, där ett foto av moster Gin i en ram log mot honom. Även han brast ut i gråt.

"Såja, såja", sa Mary. "Det är nästan dags att gå och här sitter vi och grälar."

"Hon har rätt", sa Frank. "Dessutom behöver vi en enad front när de där odugliga ormvråkarna dyker upp."

"Om de inte smittar oss - vi är mitt uppe i en pandemi, vet de inte det?"

"Cateringfirman kommer att ta hänsyn till det. Medan vi är på begravningsbyrån och kyrkogården kommer de att ställa i ordning allt här för att följa riktlinjerna för social distansering för att hålla alla säkra."

"Men dessa ignoranter kommer fortfarande att behöva ta av sig sina masker för att äta maten och dricka spriten - och vi kommer att behöva massor av det senare."

"Det var skamligt", svarade Mary. "Allt detta har skötts och betalats av tant Gin." Upprörd och efter att ha fått nog av dem drog hon sig tillbaka till sitt rum för att klä sig i den svarta dräkt hon hade valt. Männen var redan i sina svarta kostymer och redo att gå.

"Jag tror att de kommer att använda plastknivar, gafflar och papperstallrikar", sa Frank. "Och de kommer att ha flaskor med handsprit i hela huset och trädgården. Våra släktingar kommer att behöva komma in för att använda faciliteterna, men de flesta av förhandlingarna kommer att hållas ute i trädgården."

"Synd att Gin gjorde sig av med utomhusfaciliteterna", sa Marvin.

Mary ropade ner från övervåningen: "Jag glömde säga att de kommer att måla märken på gräset och/eller sätta upp skyltar där folk ska stå. Och när det gäller faciliteterna, så har vi hyrt en av de där portabla toaletterna. Eftersom det bara är tjugo av dem och tre av oss, borde det finnas gott om plats för alla och köerna borde inte vara så långa."

"Ni har verkligen tänkt igenom det här!" Marvin ropade. "Vi tre kan smyga in igen och använda inomhusfaciliteterna på q.t."

Mary dök upp vid trappan, redo att gå. "Tack så mycket. Jag har haft gott om tid att tänka på det och jag ville att allt skulle bli exakt rätt för moster Gin. Hon och jag pratade om allt, in i minsta detalj.

Hon ville befria mig från bördan att försöka göra allt själv medan jag sörjde hennes förlust."

Marvin smekte hårstråna på sin haka. "Om det inte vore för den här förbannade pandemin skulle hon ha velat ha mer. Hon skulle ha bett om en vanlig ladugårdsbränning - eller en likvaka - för att fira sitt liv. Det är vad hon förtjänar!"

Frank sa: "Det ska hon få - och vi ska ge henne den bästa någonsin - efter att pandemin är över. Vi bjuder in de andra släktingarna - de vi gillar - och kanske till och med några lokala kändisar. Alla älskade Gin. Vi ska skicka iväg henne på det sätt hon förtjänar! Men just nu måste vi göra det bästa av situationen."

Mary gick genom rummet, funderade på att sätta sig - men hennes klänning skulle bli skrynklig, så hon gick tillbaka till köket för att vika pappersservetter. Hon hade erbjudit sig att göra så många hon kunde innan cateringfirman anlände, eftersom hon visste att hon skulle behöva något att göra. Hon tänkte på allt som moster Gin hade begärt skulle hända på dagen. Hon ville att Marvin skulle utbringa en skål för henne, efter att alla hade ätit lite mat. Hon hade till och med skrivit ner vilka rätter hon ville skulle serveras och valt en cateringfirma som skulle tillaga dem. Ja, moster Gin hade tänkt på allt. Höjda röster i vardagsrummet fick henne att återvända dit.

"Gin sa att jag skulle få lejonparten av verksamheten, det var därför hon gjorde mig till testamentsexekutor", sa Marvin.

"Hon sa att jag kunde behålla huset", sa Mary. "Det är mitt hem också - jag har bott här med moster Gin i nästan hela mitt liv."

"Det är ingen som ifrågasätter det", sa Frank. "Du har gett upp allt för att vara här och hjälpa Gin när ingen annan kunde. Du kunde ha gift dig, fått några barn...men du valde familjen framför dig själv. Det är det minsta hon kan göra, att lämna huset till dig."

Marvin nickade. För en gångs skull var de två överens om något.

"Jag sa till Gin att jag inte ville ha eller behövde något från henne", sa Frank.

"Låt oss hoppas att hon ignorerade dig då", sa Marvin med ett skratt och såg att de två äntligen var på gott humör,

Mary återvände till köket för att avsluta vikningen innan de var tvungna att åka till begravningsbyrån.

Även om servetterna var gjorda av papper var de fina och mjuka. Den himmelsblå med en rosa linje i vänstra hörnet hade också varit moster Gins val. När Mary fortsatte vika blev det automatiskt, så hon tittade ut på trädgården och lät fingrarna göra jobbet.

Hennes ögon vandrade mot de nyplanterade blommorna under den jättelika eken. Baby's breath och rosorna började bli klara nu, men deras färger var fortfarande livfulla och de rörde sig som gamla vänner som dansar när vinden sveper förbi.

När hon vek den sista servetten snuddade hennes högra hand vid hennes mage. Hon gjorde det då och då, trots att hon inte hade varit med barn på flera år. Längtan försvann aldrig. Moster Gin berättade aldrig för någon. Det hade inte Mary heller - inte ens pappan.

Och där, begravd under dessa blommor, i skuggan av den massiva eken, fanns hennes barns eviga viloplats. Hennes lilla flicka hade inte överlevt mer än några minuter i den här världen.

Snart skulle släktingarna komma och de skulle alla samlas i det hem som nu var hennes - och de skulle fira moster Gins liv.

Sedan skulle Mary, precis som de andra, ta på sig sin mask och isolera sig på just den plats under trädet där hon aldrig skulle känna sig ensam. På den plats där hon visste att moster Gin skulle stå vid hennes sida och hålla Marys lilla flicka i sina armar.

Trion, moster Gin, Mary och barnet skulle vara tysta vittnen medan resten av familjen slet varandra i stycken.

PANDEMISK BOY

"Titta, nu kommer han igen - det är Pandemisk Boy", ropade den långa, gängliga och tioåriga blonda pojken.

Hans vän var inte så lång, gänglig eller blond - han var rödhårig och skrattade innan han sa något. "Var är din mantel, grabben? Vet du inte att ALLA superhjältar har cape?"

Killen som de hade döpt till Pandemisk Boy var yngre än de andra två men bakom sin mask var han orädd.

"Inte Spiderman", svarade han med ett flin.

Trots att han var yngre och mindre i storlek och statur, inte i tum utan i fot, med händerna på höfterna - och såg mer ut som Stålmannen - frågade han: "Och var är era masker?"

Detta var inte den så kallade Pandemisk Boys första konfrontation i pandemitider. Tidigare hade han använt sig av Stålmannens korslagda vapen för att få kontroll över situationen.

Det verkade fungera bra för både barn och vuxna. Det hjälpte också att veta att han hade lagen på sin sida.

"Vi är inte medlöpare", sa den blonde pojken, skyddade ögonen från solen med vänster hand och vände sedan ryggen åt pojken så att han och hans vän nu stod ansikte mot ansikte. Han mumlade orden: "Vi tar av honom masken."

Den rödhårige pojken övervägde detta och tryckte ner tån på sin sneaker i marken och tänkte att de redan var två gånger fler än Pandemic Boy. Dessutom var han en liten grabb - även om han hade en stor mun och typ bad om det. Men han var ingen mobbare och han ville inte bli det. Han koncentrerade sig, gjorde en cirkel i smutsen framför sig och kände sedan på sin jeansficka. "Min är här."

"Bevisa det", krävde Pandemisk Boy.

Den blonde killen tittade över axeln på den mindre pojken och vände sig snabbt om. Med knutna nävar gick han fram mot den yngre pojken. Han knackade med fingret på den maskerade pojkens ansikte och sa: "Vem tror du att du är?" Varje ord motiverade en egen knackning på Pandemic Boys maskerade haka, och med tanke på längd- och viktskillnaden var den yngre pojken tvungen att sätta fötterna stadigt på plats.

Den rödhårige pojken sa: "Jag ska ta på mig masken."

Den så kallade Pandemisk Boy sa inget, men nickade instämmande medan hans vän, den blonde pojken, tittade över axeln och gav honom en ondskefull blick.

Alla tre stod på sig.

***

Ibland står tiden stilla. Som om alla fåglar glömde att flyga och alla klockor glömde att ticka. Det här var inte en av de dagarna och allt eftersom tiden gick kom fler barn ut från var de än hade varit för att se vad som pågick. De samlades runt omkring, pratade, viskade och försökte pussla ihop vad som måste ha hänt för att få de tre pojkarna att stå stilla så länge.

"Jag tittade ut genom sovrumsfönstret", berättade en pojke, "och såg den lille maskerade killen bli hotad av den blonde killen som var mycket längre och äldre. Sedan såg jag att de var två och jag var tvungen att komma ut, särskilt när den stora killen flyttade in och petade den lilla killen på bröstet", sa han och rörde vid sin egen mask som en vuxen skulle göra med ett skägg.

"Jag sprang dit bort", sa en liten flicka, "och såg alltihop. Pojken med masken bad om det - och närmade sig de två större, äldre pojkarna. Jag är förvånad över att de två inte slog honom." Sedan vände hon sig till den så kallade Pandemic Boy: "Grabben, varför springer du inte en sväng medan du kan? Innan de två äldre killarna spöar skiten ur dig?"

Trion i mitten av publiken stod stilla, som statyer. De lyssnade på kommentarerna från de andra barnen som höll på att bilda en folkmassa och det gjorde inte de. I det här skedet visste ingen säkert.

Tiden gick och de maskerade barnen tog parti för den så kallade Pandemic Boy och de barn som inte bar masker tog parti för de andra två. Barngruppen förflyttade sig, delade upp sig i två delar så att de bildade två distinkta sidor. Alla var redo att agera - det vill säga om och när ett slagsmål bröt ut.

Timmarna gick och ingen rörde sig. Inte ens när mammor och pappor började kalla hem sina barn för att äta kvällsmat. Inte heller när föräldrar, mor- och farföräldrar och syskon började kalla in barnen till sängen. Inte ens när solen ersattes av månen och stjärnorna.

***

Till slut sa Pandemisk Boy: "Jag går hem nu." Och till den större blonda pojken, den som fortfarande var uppe i hans ansikte, sa han: "Nästa gång vi ses, se till att du tar med dig din mask, okej? Det här är en pandemi, mannen, och..."

"Okej, okej", sa den större pojken och tog ett steg tillbaka. "Och nästa gång jag ser dig, se till att du har en cape." Han flinade.

"Någon färgpreferens?" frågade den yngre pojken med ett leende.

Hans vän, den rödhårige pojken som nu bar mask, sa: "Det beror på om du är ett Batman-, Robin- eller Superman-fan. Jag? Jag skulle ha svart."

"Samma sak", sa den yngre killen.

Alla gick hem.

BESÖKARNA

"V**änta lite**", sa hon innan hon öppnade ytterdörren.

Hon hade varit inomhus i nästan trettio dagar - i karantän. Att gå ut, bara att gå ut nu, kändes riskabelt trots att hon bara hade satt sig i karantän för att skydda dem hon älskade - och andra som hon inte ens kände. Hon justerade sin mask, tog ett djupt andetag och öppnade dörren.

En välkomstkommitté väntade på henne och hon kände sig ungefär som drottning Elizabeth måste ha känt sig när hon klev ut på balkongen på Buckingham Palace. Även om hennes lilla men bekväma hem med två sovrum inte hade samma glitter och glamour som ett palats. För en sekund eller två funderade hon på att ge dem den kungliga vinkningen, men till slut ändrade hon sig när de började applådera.

Generad, trots att en mask täckte större delen av hennes ansikte, tittade hon upp mot solen som stod högt på himlen och kände värmen från dess strålar. Det kändes bra att andas ny, frisk luft - även om masken hindrade henne från att andas djupt. En sång av John Denver började spelas i hennes huvud. Hon hummade nonchalant med.

Applåderna hade tagit slut utan att hon märkte det. och där stod hon som en gris i ett vattenglas medan alla och envar väntade på att hon skulle säga eller göra något. Massor av tårfyllda ögon, alla tittade på henne genom sina egna masker. Ingen mask var den andra lik. Hon skannade gästerna och riktade in sig på de ögon vars ägare hon tyckte sig känna igen. I sitt inre spelade hon ett spel om vem som är vem under vilken mask.

En person i publiken var det ingen tvekan om vem hon var på grund av hennes storlek och statur. Det var hennes barnbarn Emily. De gröna ögonen, samma som hennes egna, stod ut när de tittade tillbaka på henne över den lila masken. Emilys favoritfärg ändrades ofta, men hon var glad att se att den inte hade förändrats under de senaste trettio dagarna. Hon hade dock blivit längre. Emily vinkade och sa: "Hej farmor-ma-ma."

"Hej, min älskade Emily", sa kvinnan och log med läpparna under masken och över den med ögonen.

Kvinnan tvekade och panorerade sedan publiken från vänster till höger och nickade när hon tackade var och en av dem.

Först var det Brandon. Han var ett stort hockeyfan och hans mask hade ett Toronto Maple Leaf på sig. "Heja Maple Leaf's!" sa han. Hon gav honom tummen upp. Åtminstone någon hade fortfarande hopp om att de skulle vinna Stanley Cup igen.

Bredvid Brandon stod hans fru Emilys mamma. Hennes mask hade ett I heart Jamie Oliver-meddelande på sig. Hon log åt detta och undrade om hennes intresse för Oliver skulle kunna hjälpa henne att laga en anständig rostbiff en dag. Hon fångade sig själv i denna bitchiga tanke och skämdes över sig själv och gick vidare.

Nästa var herr Bob Moody. Han var en granne, en grinig gammal gubbe som hon inte hade en aning om varför han hade känt sig tvungen att komma iförd en byggarbetarmask. Han vinkade, med en förtrolighet som hon tyckte var konstig, men hon vinkade tillbaka för att vara artig.

Nu var hon trött på att ta reda på vem som var vem och resten av dem blev suddiga medan hon väntade på att någon skulle göra något eller låta henne veta vad de förväntade sig att hon skulle göra. Skulle hon hålla ett tal? Nej, det skulle vara dumt. Det hade bara varit en trettio dagar lång karantän. Hon kunde inte krama dem. Eller komma dem närmare än hon redan var.

Hon hade en fruktansvärd känsla av att någon ville att hon skulle hålla ett tal och undrade hur det var meningen att hon skulle hålla ett tal, ett tal som skulle höras och förstås genom den tjocka bomullsmasken. Sedan tänkte hon på politiker på TV, som premiärministern. När han var tvungen att tala tog han alltid av sig masken, sa sitt och satte sedan på sig den igen. Om det var tillräckligt bra för premiärministern, då var det tillräckligt bra för henne. Hon tog bort sitt högra öra från slingan och gick sedan vidare till den andra sidan.

Gästerna flämtade till och flyttade sig sedan längre bort. Alla utom hennes lilla barnbarn.

"Farmor älskar dig", sa kvinnan och skickade en kyss i riktning mot lilla Emily.

"Jag älskar dig också", svarade Emily, medan hennes föräldrar nu vid hennes sida flyttade henne tillbaka.

Nöjd med att ha känt solen, att ha varit ute, att ha sett dem hon älskade och att ha talat med lilla Emily, bugade hon sig, gick tillbaka och stängde dörren bakom sig.

Telefonen började genast ringa och ringa. Hon svarade inte.

HUSET

RUMMET VAR KALT, MED undantag för de tomma inbyggda bokhyllorna som flankerade den öppna spisen.

Tomma bokhyllor får mig alltid att känna mig melankolisk. Som om den tidigare ägaren hade tagit med sig alla sina vänner och minnen men glömt bort de strukturer som hade hållit och visat upp dem medan de bodde i huset. När jag lämnade ett hus, oavsett anledning, lämnade jag därför alltid kvar en av mina böcker (jag köpte två av mina favoritböcker) så att jag kunde hoppas att den nya ägaren skulle tycka lika mycket om den som jag gjorde. För mig var det som att presentera dem för en ny vän. Om det får mig att låta överdrivet sentimental har jag inget emot det eftersom min käre make alltid sa så om mig.

När jag gick genom rummet och justerade min mask lade jag märke till något som var uppstoppat mot väggen, tunt som en oblat. Det var en liten matta.

"Vad i hela friden är den där till för?" frågade jag. Även om den var sliten och liten hade den passat bättre framför den öppna spisen. Där skulle den ynkliga saken åtminstone ha haft ett syfte. Jag gör ofta så, ger livlösa föremål känslor. I den litterära världen kallas det personifiering. Jag använder det så ofta att min man kallar det Maggie-fication.

August är namnet på min man. Och ja, han föddes i augusti månad, som lejon, medan jag är stenbock.

När han kom upp bredvid mig rös jag till. Jag kände mig alltid kall.

Han talade genom sin mask och sa: "Puh, det är varmt här inne, älskling. Varför darrar du?" Han knäppte upp sin tjocka ullkofta, en gåva från vår son Andrew, och tog av den. Han lade den över mina axlar och gick sedan tvärs över rummet.

Jag gosade in mig i den och sa "Tack" medan jag följde efter honom.

Mäklaren, som var en gammal vän till familjen, bar en mask som återspeglade det fastighetsbolag som hon arbetade för. Hon rörde sig hörbart i huset i det andra rummet medan vi fick en känsla för platsen på egen hand.

Strax därefter kom hon in i rummet från dörröppningen närmast det föremål som jag hade sett på golvet. Vi möttes framför det, som om hon hade hört min fråga.

Judy Marsh, som vår mäklare har hetat i över tjugofem år, verkade inte kunna formulera sig, vilket var väldigt olikt henne. Hon och alla andra fastighetsmäklare på planeten.

"Är inte den öppna spisen magnifik!" utbrast hon.

Jag vände min kropp mot värmen, medan August, som ofta anklagade mig för att läsa för många Agatha Christie-romaner, bland annat, nu uttråkad och ville komma vidare, flyttade sig närmare dörröppningen.

Judy sa: "Jag hörde frågan du ställde för en liten stund sedan. Fullständigt avslöjande", hon rörde vid sin näsa. "Det här huset har lite av en historia."

August som nu var intresserad återvände till oss.

"Vad för slags historia?" frågade jag.

Judy fortsatte: "Det är ingen idé att berätta historier om du inte trivs här. I så fall kan vi gå vidare till nästa hus. Jag har några till på gång. Så, vad är omdömet om det här hittills?"

August sa: "Vi har inte sett hela huset än, det är för tidigt att säga och,"

Jag avslutade hans mening som människor som har varit gifta länge brukar göra, "Och det är inte snällt av dig att låta oss bli förälskade i stället - jag säger inte att det är fallet här - och sedan sänka bommen."

"Ja, verkligen sänka bommen", tillade August.

"Berätta!" krävde jag, när August tog min hand i sin.

"Låt oss gå in i köket", sa Judy. "Jag sätter på vattenkokaren och gör en kopp te åt oss. Jag har fyllt skåpet med några saker som Earl Grey-te och kex för ett sådant tillfälle. Sedan ska allt avslöjas."

August hörde att det bjöds på en kopp te och en kaka och följde med Judy in i köket, medan jag, som man brukar säga, gick längst bak. Vi gick längs en hall, som hade högt i tak men var ganska smutsig eftersom det inte fanns något takfönster - om vi köpte stället skulle ett takfönster göra denna hall mer hemtrevlig.

"Ett takfönster skulle vara en förbättring", föreslog August, när han och Judy gick in i det angränsande rummet genom ett par svängdörrar som man skulle förvänta sig att se i en gammal Marlon Brando-västernfilm. "De här måste bort", sa August, när dörren svängde och träffade hans bakdel innan jag hann dit och stoppa den. Han stod där med händerna på höfterna och munnen öppen utan att några ord kom ut.

När jag tog mig in i rummet kunde jag förstå varför August var mållös, för oj, vilken spektakulär utsikt! Köket och matsalen låg intill varandra i en enorm rektangulär öppen planlösning, med glasfönster och dörrar som sträckte sig hela vägen från ena änden till den andra och med utsikt över en av de mest magnifika trädgårdar jag någonsin har sett. Jag önskade så att det var vår, så att allt stod i full blom, men hösten här var också vacker, med träd som flammade upp i sina höstfärger.

"Dash skulle älska det här", sa August. Dash var vår lilla taxpojke.

"Det skulle han säkert", sa jag, medan Judy, som nu stod bakom oss, lekte mamma genom att hälla hett vatten i tekannan.

Varken August eller jag kunde ta ögonen från den vackra naturen som väntade bara några steg bort. "Får jag öppna dörrarna?" frågade jag.

Judy nickade och August gjorde det. Genast strömmade ljuden från utsidan in i köket som musik. Det var cikador, blåskrikor, sparvar, kardinaler, en trädpadda ... det var ljuvligt musikaliskt - tills grannens gräsklippare en stund senare skrek till.

"Teet är klart", ropade Judy.

"Perfekt timing", sa August, stängde skjutdörrarna och klickade igen låset. "Hej mörker min gamle vän", ropade August. Det var en av hans favoritmelodier att sjunga - en klassiker från Simon och Garfunkels repertoar.

"Det är inte mörkt här inne", sa jag när Judy hällde upp och serverade teet. För att vara ärlig var jag inget fan av fint te som Earl Grey. Ge mig en kopp Typhoo vilken dag som helst. Jag tillsatte två teskedar socker - dubbelt så mycket som vanligt med gamla goda Typhoo och August gjorde samma sak. Medan vi smuttade och förkastade Judys val av kex - gingernut - väntade vi på att hon skulle börja berätta den historia som hon hade hänvisat till.

***

"Först och främst", började Judy, "har ingen bott i det här huset på årtionden."

"Decennier", upprepade jag, "hur kan det komma sig?"

August tömde resterna av sitt te. Judy gjorde omedelbart en rörelse för att fylla på hans kopp, vilket han oförskämt undvek genom att lägga handen över den.

Judy log. "Alla gillar inte min favoritbrygd, antar jag." Hon fyllde på sin kopp och fortsatte sedan. "Huset har varit till salu genom åren. Vi har anlitat specialister från hela delstaten i hopp om att deras insatser skulle hjälpa oss att sälja. Hittills har det inte fungerat."

"Det verkar inte vettigt", sa August. "Det skulle säkert vara mindre eko om stället var möblerat." Han lyfte sin tomma kopp och suckade.

"Skulle du föredra en flaska vatten?" Judy frågade och utan att vänta på svar gick hon till kylskåpet och tog fram tre flaskor och ställde dem framför oss. Jag hade en känsla av att det här skulle bli en lång historia.

Ett konstigt ljud, som kom från trädgården, slog våra öron samtidigt. August sköt tillbaka sin stol och skannade trädgården som nu bara var delvis upplyst eftersom solen höll på att gå ner. "Kan du se någonting?" frågade jag.

August hade örnöga, trots att han var äldre än jag. "Shhh", sa han. Vi väntade och lyssnade noga, men ljudet hördes inte igen. August återvände till sin plats och satte sig med en axelryckning.

Judy sa: "Det är bäst om du håller dina kommentarer och frågor för dig själv till slutet. Jag vill avsluta innan, jag menar, så snabbt jag kan."

August sa: "Vi är gamla och blir äldre för varje minut. Vi kommer säkert att glömma alla frågor vi kan ha om den här sagan som du spinner tar mycket längre tid."

Jag klappade Augusts hand. "Om du har några frågor kan du skriva in dem i din telefon." Jag hade försökt få honom att använda anteckningsfunktionen i sin telefon under en längre tid. Själv använde jag den för många saker, inklusive inköpslistan. Jag hade föreslagit att han skulle använda den för samma ändamål. Ändå kom han hem utan det vi behövde och åkte tillbaka igen - den här gången med papper i handen.

"Maggie", sa han, "du vet att jag inte gillar att vara beroende av teknik."

"Att vara beroende av träd", inflikade Judy, "bådar inte heller gott för framtiden."

"Ett pappers batteri dör inte!" utbrast han.

"Men en penna får slut på bläck", sa jag och log, klappade honom på handen igen och gav honom en penna och ett papper - båda hade jag alltid i min handväska för sådana tillfällen.

***

"Jag börjar från början", sa Judy.

Under bordet flyttade August på fötterna och jag kunde se att han blev alltmer otålig och tänkte: "Sätt igång, kvinna!" för det var vad jag också tänkte.

Till slut kom Judy till saken. "När den här platsen först bebyggdes dog tre personer här."

Hon väntade på att vi skulle reagera, men det gjorde ingen av oss. Vi hade redan förstått att något fruktansvärt hade hänt - och dragit slutsatsen att det måste ha handlat om dödsfall, mord och/eller kaos. Till och med mina artritiska ben kunde känna att något fruktansvärt hade hänt här. Jag slog armarna om mig och kände mig kylig igen. August gjorde likadant, men han var varmare än jag eftersom han tidigare hade återtagit sin cardy.

"Ursprungligen byggdes en kyrka här på 1700-talet. När den förstördes och tre personer dog - och bara bokhyllorna och eldstaden återstod - svor alla religioner att aldrig bygga upp ett Guds hus här igen. Därför byggdes stugor, hem, herrgårdar, bungalows och så småningom den tvåvånings California split bungalow som vi står i nu för att passa ägarnas behov och krav under den tilldelade tid som de levde. Och så har många församlingsmedlemmar, kyrkobesökare och familjer gjort detta till sin gudstjänstlokal och/eller sitt hem.

Låt oss börja med den ursprungliga kyrkan. I mitten av 1700-talet uppstod ett samhälle på denna plats, ett av de första i Ontario, efter att många invandrare valt denna plats för att bosätta sig och bygga upp sin nya framtid.

Två av dessa personer var Lady och Lord Charleston, som snabbt blev ledare i samhället och som bidrog med pengar till att bygga den första kyrkan utan något annat erkännande än ett litet bibliotek i prästgården, där församlingen kunde läsa och låna böcker om religiösa ämnen. För att göra det bekvämt för dem att studera eller läsa skulle en öppen spis byggas i mitten av två sådana bokhyllor.

På grund av den stora betydelsen av önskemålet gjordes mycket forskning om vilket träslag som skulle vara mest hållbart över tid. En invandrare från Italien talade varmt om medelhavscypressen och berättade att han sett ett altare i en romersk kyrka som tillverkats av detta träslag och som hade överlevt en brand som förstört resten av byggnaden. Man beslutade att skicka efter några träd som man kunde odla lokalt, och att även beställa ett rikligt förråd som skulle levereras med fartyg till Kanada. Med tiden berättade samma man om de övernaturliga krafter som detta träd från hans gamla hemland hade. På grund av dess starka doft planterade familjer träden nära sina älskade på kyrkogårdar över hela landet, för att hålla demonerna borta och för att se till att själarna hos dem de älskade tog sig över till andra sidan."

Några av de andra församlingsmedlemmarna var inte nöjda med denna hädelse och föreslog att de endast skulle använda kanadensiska träd för satsningen. Lord och Lady Charleston avslog förslaget och församlingen inväntade leveransen av trä till prästgården och byggde under tiden kyrkan och fortsatte med skolan och andra byggnader. Nyinflyttade strömmade till samhället och valde att bosätta sig på en plats som tillhandahöll tjänster så att alla snabbare kunde finna sig tillrätta.

Virket anlände och prästgården byggdes, men inte utan vissa svårigheter. Först krossades en man som tog ner stocken från skeppet när flera stockar lossnade och föll ner över honom. Efter det vidtogs fler försiktighetsåtgärder, men de som hade varnat för blasfemi viskade mellan varandra på ett vetande sätt.

År senare, när kolonin saknade namn, föreslogs att den skulle kallas New Charleston, och så blev det, och i många generationer var alla betjänta av samhället och befolkningen växte med stormsteg. Lord och Lady Charleston dog, men deras porträtt målades och placerades ovanför eldstaden i prästgårdens bibliotek mellan de två bokhyllorna. Mot allmänhetens starka protester fick biblioteket namnet The Lady Charleston Archives eftersom familjen donerade sin samling av böcker för att fylla hyllorna."

Jag skruvade av locket på vattenflaskan och tog en klunk, medan August tittade på sin klocka. Solen hade nu gått ner och större delen av trädgården låg i mörker, med undantag för en enda strålkastare som kom från månen.

"Det var i den här kyrkan som dödsfallen inträffade."

August och jag flyttade oss närmare och hoppades att hon snart skulle komma till saken. Min mage knorrade. För det var långt efter middagen och började konversera med Augusts i en duett av hungerkänslor.

"Gingernöt?" frågade Judy och viftade fram dem framför oss. Vi tackade artigt nej. "Varför beställer jag inte en pizza? Medan den bakas och levereras kan jag fortsätta med min berättelse."

"Ingen ananas", sa August. Pizza med ananas var något han verkligen ogillade. "Ananas är till för uppochnervänd tårta, inte för pizza."

"Jag håller helt med", sa Judy och tryckte på snabbvalsknappen på sin telefon.

"Ingen ansjovis", sa jag och försökte övertala min knorrande mage att lugna ner sig.

***

"År 1847 kom en kvinna, en främling, in i samhället mitt i natten och letade efter sin man och unge son. Hon knackade på dörrar och orsakade en hel del rabalder eftersom det var efter midnatt. Samhällsmedlemmar kom ut ur sina hus för att hjälpa henne och bildade en sökpatrull som använde lampor för att visa vägen. Det var den sortens samhälle, som gick samman för att hjälpa andra, även främlingar. Ingen ifrågasatte hennes motiv, berättelse eller förstånd.

Det var oktober, så det var kyligt, men innan den första snön hade fallit. De letade och letade tills solen gick upp, sedan omgrupperade de för att äta, dricka och ta reda på mer från kvinnan som hade varit för utmattad för att skala platsen med dem. När hon anlände blev hon omedelbart inkvarterad och fick sova efter en stark kopp te med en skvätt whiskey i för att säkerställa att hon sov hela natten.

Efter ytterligare diskussioner och bekräftelse på att ingen hade sett röken av maken eller barnet åt de tillsammans med mat från kvinnoföreningen i kyrkan och diskuterade vad de skulle göra härnäst. Det var inte som idag, då man enkelt kan trycka upp affischer och tejpa upp dem överallt, och inte heller var sociala medier ett alternativ. Istället anlitades en konstnär som skulle skissa upp familjen utifrån mammans beskrivning. Kvinnan hette Reba, hennes barn hette Jacob och hennes man hette också Jacob.

En kväll, ganska sent, såg en lokalbo kvinnan Reba komma in i kyrkan med ett barn i handen. Han undrade var maken var, men tänkte inte mer på det och gick till sängs.

Reba hade tagit med sig sin son till kyrkan för att tända ett ljus på alaret och tacka Jesus för att han hade fört hennes man och son tillbaka till henne. Dörren till kyrkan hade inte säkrats eftersom Jacob Senior snart skulle ansluta sig till dem. En vindpust, som var så kraftig att den blåste bort lågan, fick hennes ärm att fatta eld och eftersom hon höll sin son i famnen fattade även hans kläder eld. Jacob den äldre kom in och sprang mot dem, medan han lämnade dörren helt öppen. Mer ilsken vind följde honom när han stängde gapet mellan sig själv och sina nära och kära. Kyrkan, som var byggd av lokala träd, reste sig med dem i den på nolltid.

I församlingshemmet, där kyrkans kvinnor serverade mat till de frivilliga, kände de först lukten av något bränt och sprang ut på gatorna. De flesta av de frivilliga var också brandmän, men deras resurser vid den tidpunkten var begränsade. De gjorde vad de kunde för att rädda kyrkan, men det var för sent. Prästgården var ännu inte övertänd, så de lyckades få ut prästen och som sagt rädda bokhyllorna och den öppna spisen. Familjen på tre omkom...brändes till intet. Aska till aska som man säger."

Judy tog ett djupt andetag, drack en klunk vatten och sedan ringde det på dörren. Att berätta historien hade tagit mycket på henne, så August erbjöd sig att hämta pizzorna, men Judy sa att hon var tvungen att betala - hon kunde skriva upp det som en arbetsrelaterad utgift - och gick till slut till dörren. Hon kom tillbaka med den varma och väldoftande pizzan och vi stoppade i oss utan att prata på ett tag, förutom att vi oohs och ahhs när vi tog del av den välsmakande festen.

Mätta och belåtna och med fulla magar fortsatte Judy med sin berättelse.

"Sedan dess sägs det att spökena från den familjen hemsöker det här huset. Allt som folk ser skrämmer dem så mycket att de springer ut härifrån skrikande. Och genom åren har hus byggts om på den här fastigheten, men ingen har någonsin bott här under någon längre tid."

Det började bli väldigt sent; Judys berättelse hade tagit ganska lång tid att färdigställa.

"Kan du vara snäll och spola framåt och ta oss till nutid?" frågade August, återigen mer oförskämt än vad han eller jag hade förväntat oss. Det var efter hans läggdags och att han blev irriterad var inte helt hans fel.

Judy bad om ursäkt. "Det här huset byggdes för tjugofem år sedan. Det har köpts, sålts, hyrts ut, renoverats - vad som helst och fler gånger än jag har fingrar och tår att räkna - ingen vill bo här." Hon såg sig omkring. "Ja, det är fint, men det är något speciellt med det. Något som får folk att springa. Särskilt vid den här tiden på natten. Jag ville se om det hade hänt dig också."

"Så vi är dina vänliga guineapigs", sa August och sköt plötsligt tillbaka sin stol. "Låt oss fortsätta med rundturen. Vad finns på övervåningen?"

Jag rörde mig inte.

"Du har ingen aning, jag menar absolut ingen aning om varför människor skulle agera på ett så extremt sätt? Det är helt obegripligt för mig. Du skulle säkert se vad de såg."

"Jag ser aldrig", sa Judy.

"Det var ju bisarrt", sa August.

Judy log. "Ja, jag vet. Och det är därför, låt mig bara säga det här, som andliga människor som psykiker, mystiker, spåmän, häxor, trollkarlar - du nämner alla och de har varit här - ja, de har till och med exorciserat den här platsen från pelare till stolpe och ändå händer det som får alla att springa, inklusive alla ovanstående fortfarande. Var och en av dem sprang skrikande upp i bergen - och återvände aldrig."

"Strunt och nonsens", sa August.

Men ju mer hon talade om det, desto räddare blev jag och desto mer villig var jag att tro på det, för allt eftersom tiden gick blev jag allt kallare. Jag skakade faktiskt som om någon hade gått på min grav - trots att jag naturligtvis inte var död. Ännu. Bara tanken på det fick håret på mina armar att resa sig.

Judy ställde sig upp. "Nu vet du vad jag vet. Priset är redan lågt, men det är fortfarande förhandlingsbart. Ägaren vill att den ska säljas och vara ur hans händer - igår. Varför tar du inte en titt på övervåningen, så att du får en känsla för översta våningen?"

August sa: "Vi kan köpa det i sin helhet, riva det och bygga upp något som passar våra behov, som en bungalow. Vi skulle fortfarande ligga steget före och ha gott om pengar för att klara oss resten av livet."

Med skakiga knän ställde jag mig också upp och höll mig fast i bordet. Det lät bra, faktiskt för bra för att vara sant.

Judy sa: "Det är ett kulturarv. Bokhyllorna och den öppna spisen måste förbli intakta. Detta är inte förhandlingsbart. Jag kan faktiskt inte acceptera ditt erbjudande om du inte är villig att skriva ner det."

August och jag gick ut ur köket, som i trans, och hamnade på mattan som nu låg framför den öppna spisen. Den rytande elden som spottade och lyste upp rummet fick mig att undra varför jag kände mig ännu kallare.

"...elektricitet", sa Judy.

Jag hade gått iväg i mina tankar till boklandet och missat vad hon sa.

"...stängde av den. Vattnet också."

Jag drog handen längs den mittersta bokhyllan, nu hade jag förstått det mesta, när August lämnade rummet. Jag vände mig om och följde honom, precis som Judy. Han stannade vid trappans nederkant, tittade för att se var vi var och började sedan klättra. Jag tog tag i räcket och gick också upp. Ungefär halvvägs kändes räcket vingligt, liksom mina knän. Mina fötter tycktes sjunka ner i trätrappan och jag kände mig ostadig. August var redan högst upp. Jag såg att han lyste upp vägen med hjälp av ficklampsapplikationen på sin telefon. Jag kände mig stolt över att han äntligen hade fått användning för en av de applikationer som jag hade rekommenderat honom att prova.

När jag gjorde honom sällskap på toppen tittade vi ner på Judy som väntade med sin telefon pekande framför sig - också hon med hjälp av ficklampsapplikationen. "Jag måste låsa snart", sa hon.

"Vi ska bara ta en liten promenad", sa jag, medan August rörde sig bort från mig mot dörren längst bort i korridoren. När jag gick kändes den tjocka mattan under mina fötter kladdig, så det var svårt att skynda sig. August öppnade dörren och visade ett persikofärgat badrum med handfat, badkar, toalett och dusch. Badrummet var utsmyckat med tillbehör - en av de där heltäckningsmattorna som kastas runt dess bas. Stilen var inte i vår smak och jag sa det när vi stängde dörren och gick vidare till ett sovrum, litet, inrett i blått med bilar som körde över väggarna och stjärnor som lyste upp när vi riktade ficklampan mot dem i taket.

"Jag gillar stjärnljusen", sa August och barnet i honom kom fram. Jag var förvånad över att han inte gillade bilarna på tapeten också. Det kanske han gjorde, men av de två föredrog han stjärnorna.

"Ja, vi tar ner dem och sätter dem över den öppna spisen - om vi köper den", sa jag.

Vi gick vidare till ett annat sovrum, ett gästrum, fullt av blommor av alla möjliga slag och färger. Solrosor var stencilerade på baksidan av dörren.

"Väldigt hemtrevligt", sa jag när vi gick vidare genom hallen till det sista rummet: det stora sovrummet. Det slog mig att ett hus i den här storleken borde ha fler än tre sovrum.

August sa: "Vi kan bygga fler rum på tomten när vi gör om det här till en bungalow. Så mycket utrymme slösas bort här."

Vi tittade på badrummet som också var mycket föråldrat med persika - även om det fanns ett spabad utsmyckat med guldkranar och armaturer. Och ovanför det fanns ett stort fönster med panoramautsikt över vad vi antog måste vara trädgården.

August klättrade upp på badkaret och tog min hand när han gjorde det. Vi stod sida vid sida och tittade ner på trädgården när tre figurer dök upp. Till vänster stod en man, men med tanke på hans längd kunde man ha trott att han var en pojke. Hans klädsel inkluderade en böjd hatt, linneskjorta med volanger ovanför midjan, knälång jacka och byxor som bevisade motsatsen. I mannens hand höll en pojke vars jacka föll strax under midjan, medan hans byxor var knälånga och hans mörka lockar stack ut under hans mössa. Den sista av de tre var en kvinna som höll barnets hand. Hon bar en tjock quiltad överrock som täckte hennes kläder och en sovmössa på huvudet - som om hon oväntat hade kommit ut i natten. Alla tre personernas fulla ansikten var fixerade av månen och stjärnorna, antingen det eller så var de förtrollade.

"Är de på riktigt?" Jag viskade och höll i Augusts axel, men innan jag hann avsluta tittade tre par ögon direkt på oss och samtidigt gav de ifrån sig ett skrik med så höga röster att varenda hund i grannskapet måste ha vaknat. De tre sa,

"Varje dag kommer vi hit för att bränna."

Vi höll för öronen när de upprepade sin sirensång, sedan slog lågor upp från deras fötter och uppåt och snart förvandlades deras skrik till stön när de föll ihop på marken till högar av aska.

Jag skrek. Och sedan hände något som inte har hänt under alla de år vi har varit gifta - August skrek också.

Vi klättrade upp ur badkaret, sprang nerför trapporna, förbi Judy och ut genom ytterdörren i en fart som två gamla gubbar som vi aldrig hade trott var möjlig. Vi klev in i Judys bil; hon hade kört när hon visade oss fastigheten. När hon satte sig i bilen körde hon iväg och lät däcken skrika.

När vi hade lagt ett rejält avstånd mellan oss och huset sa Judy på ett sakligt sätt: "Jag ska sätta ihop en lista över andra hus som du kan titta på direkt imorgon bitti. Vi ska hitta det perfekta hemmet åt dig. Det finns massor av vackra hus på marknaden som du kan välja mellan." Hon tittade på oss i backspegeln.

Jag skakade fortfarande och höll fast i August.

"Vill du berätta för mig vad du såg?" frågade Judy.

"Hörde du dem inte?" frågade jag.

Judy skakade på huvudet och sa nej.

"Lita på mig, du är den lyckliga", sa August. "Ta oss nu hem. Vi stannar här."

August och jag pratade aldrig mer om huset.

ETT MORD

J AG SATT I MIN bil - för rädd för att gå ut.

Bakom det tonade glaset kunde jag se allt - så varför utsätta mig för fara? Varför riskera en infektion när allt jag ville ha var lite natur.

Varför inte bara stanna hemma då, älskling? Jag hörde din mjuka röst fråga mig i mitt huvud. Precis som om du var här och satt i passagerarsätet bredvid mig. Du, min avlidne make Gerald - fyrtiotvå år som gift innan covid-19 tog kål på honom. Ja, min Gerald dukade under för viruset i början av denna galna tid i våra liv. Innan det ens kallades en pandemi av dem som sa att de var kunniga.

Även när det bekräftades officiellt att Gerald hade utsatts för det och var infekterad - trodde han inte på det. Han hade bara låtit sig bedömas eftersom jag hade övertalat honom att följa med mig, du vet som vi sa i våra löften i sjukdom och hälsa. Jag hade varit i närheten av någon som hade fått det när jag jobbade som volontär på matbanken. Jag behövde inte testa mig, men jag tog det säkra före det osäkra och satte mig i frivillig fjorton dagars karantän - Gerald och jag kunde åtminstone vara tillsammans.

När resultaten kom hade Gerald fått det och mitt test var negativt. Eftersom vi hade varit i varandras fickor var oddsen att jag också hade det, men bara var symptomfri, så i karantän gick vi båda lyckliga tillsammans som vi hade varit i de fyrtiofem år vi hade känt varandra.

Vi var beredda att ta itu med saken tillsammans, men jag blev tillsagd att hålla mig borta från min Gerald, begränsa min kontakt - att hålla en dörr mellan oss, bära mask, tvätta händerna ofta - ni vet hur det går till. Jag tog gästrummet; Gerald hade vårt rum. Vi sa god natt till varandra genom väggen, precis som de gjorde i familjen Walton.

En natt när han inte kunde sova sjöng jag genom väggen några refränger av den låt som vi hade dansat vår första dans till i high school, en låt som hette Make Me Do Anything You Want av A Foot in Coldwater. Jag nynnade den för mig själv medan jag tittade på vad som hände utanför. En grupp kanadagäss åt av gräset några meter bort. Jag vevade ner fönstret lite så att jag kunde höra deras prat. Jag tog ett djupt andetag och släppte in utomhusluften, men den friska luften hindrade mig inte från att minnas nästa del, den svåraste delen, när Gerald togs ifrån mig och lades in på sjukhuset. Jag fick inte följa med honom i ambulansen, och hans tillstånd försämrades så snabbt att jag aldrig såg honom vid liv igen.

Jag ringde barnen först. Naturligtvis är de alla vuxna nu med egna barn. Barn, getter. Barn är naturligtvis vad jag menar. Jag vet inte när jag övergick till den vanliga beskrivningen. Förmodligen för att Gerald inte är här och säger åt mig att inte göra det.

Våra barn kunde inte komma på grund av restriktioner för social distansering. Deras områden var tillbaka i steg 2. Dessutom var risken att själva smittas av viruset, risken att föra det vidare till våra barnbarn, inte värd att ta. Vi tog tid på oss - med hjälp av en snäll sjuksköterska - men Gerald sa ingenting. Vid det här laget hade leendet försvunnit från hans ögon och jag visste.

Efter begravningen - ingen annan än jag kom till begravningen - visste jag inte vad jag skulle göra med mig själv. Det var ännu värre efter att försäkringen betalats ut. I hela våra liv hade vi snålat och sparat - och nu var han borta, det fanns ingenstans att ta vägen - inte med pandemin lurande i varje hörn - och min Gerald var inte där för att dela det med mig, så det var ingen mening med att åka över huvud taget. Alla dessa pengar och jag kunde inte komma på en enda sak jag ville ha eller behövde, förutom Gerald.

När hösten närmade sig och löven började spricka upp pekade jag otaliga gånger ut ett särskilt fantastiskt träd för ingen. Och så var det Thanksgiving i horisonten. Vanligtvis förberedde vi familjefesten - med den vanliga kanadensiska maten - som pumpapaj, tranbärssås, kalkon, skinka, fyllning, potatismos, grönsaker och coleslaw. Gerald skar vanligtvis upp fågeln medan jag organiserade allt annat. Sedan gick vi runt bordet och alla, även de minsta, sa vad de var tacksamma för under det gångna året. Jag kom ihåg lille Kevins uttalande om att han var mest tacksam för "Bampa" - morfar. Geralds ögon hade lyst upp den dagen, som solen som kommer fram bakom ett moln efter flera dagars regn.

Min dotter föreslog att jag skulle "vara värd" för en virtuell Thanksgiving-middag. Hon hade hjärtat på rätta stället, men idén var absurd. På egen hand skulle jag laga en TV-middag med kalkon och äta den medan jag tittade på En Charlie Brown-tacksägelsedag.

Så tillbaka till mig som sitter här i denna förbannade bil, med de tonade fönstren uppe - för rädd för att gå ut ur min bil. När mina ögon vandrar över gångvägen ser jag Sonny och Evelyn Marshall och innan jag får chansen att ducka - ser de mig. De går mot mig. De har hört talas om Geralds bortgång och vill visa sin vördnad och det är för sent för mig att starta bilen och backa ut från parkeringsplatsen.

Framför bilen nu, maskerade, knackar Sonny på mitt fönster medan Evelyn går runt till passagerarsidan.

"Hej", säger jag genom de stängda fönstren. Min telefon ringer. Jag pekar på den och låter dem veta att jag måste ta hand om ett samtal, sedan ser jag vem det är som ringer - det är Evelyn på linjen. "Hej igen", säger jag, medan Sonny går runt framför min bil och stannar till en kort stund för att titta på mig genom vindrutan, innan han går vidare och ansluter sig till sin fru.

Evelyn säger: "Vi hörde om Gerald. Vi är så hemskt ledsna och ville bara komma förbi och berätta det för dig. Vi vill också säga att om du behöver något, vad som helst, så ring oss. Vi vill finnas där för dig så mycket vi kan under den här pandemin." Sonny lade armen om sin fru.

"Jag är okej", säger jag. "Tack för det vänliga erbjudandet och för att du kom förbi." Jag lägger på luren och hoppas att de ska försvinna.

Sonny säger något, som jag normalt skulle veta vad eftersom jag är ganska bra på att läsa läppar, men med dessa masker på kan vem som helst säga vad som helst. Han och Evelyn vinkar när de återvänder till stigen och går iväg.

Jag ser hur de tar varandra i hand, hur de blir mindre och mindre. När de är borta landar en svart kråka på motorhuven på min bil och tittar in på mig genom det tonade glaset. Jag rullar ner fönstret och säger: "SHOO!"

Kråkan rör sig mot mig, rufflar till sina fjädrar och svarar med ett trotsigt "CAW, CAW!"

Jag vevar upp fönstret igen och ser hur kråkan går runt på motorhuven på min bil. Den lämnar ett spår av fågelavtryck på mitt dammiga fordon. Jag startar motorn och sprutar vatten på vindrutan. Fågeln rör sig inte ur fläcken. Jag sveper vindrutetorkarna över rutan flera gånger. Ändå tittar den på mig, skakar på huvudet och sedan SPLAT bajsar den. Jag tutar och ser hur den lyfter, svävar, bajsar lite till och den här gången träffar den strålkastaren innan den lyfter mot vattnet.

En grupp kråkor kallas för ett mord. När Gerald dog, av ett människoskapat virus som släpptes lös på vår planet, kallades hans död inte för ett mord - även om det mycket väl borde ha kallats för ett mord.

Jag sträcker mig ner i handväskan och tar fram masken. Jag sätter en ögla genom mitt högra öra och den andra genom mitt vänstra. Jag ser till att den sitter rätt, över näsan, under hakan. Jag kliver ur bilen och ut i solljuset.

Duktig flicka, ropar Gerald, medan ett gäng kråkor bildar en cirkel över mitt huvud och jag kliver ut framför ett fordon i rörelse.

UTAN MASK

HAN STOD PÅ ENA sidan av rummet och hon på den andra.

Både välklädd - eller överklädd - var hur hon uppfattade hans utseende. Polerad var det första ordet jag kom att tänka på, men det var något med honom som såg för slätstruket ut. Som om han ville att hon skulle bli ännu mer förälskad i honom än hon redan var.

Han hade åtminstone dykt upp - trots att hon hade vägrat att göra det han hade bett henne om och detta var deras första personliga möte.

De hade träffats i en dejtingapp. Det finns ingen lag mot det - ännu. De hade utvecklat en relation över tid. Han avslutade alltid sina meddelanden med en emoji för ett bultande hjärta. Hon avslutade alltid med ett "undertecknad", som om hon avslutade ett brev. Hon var en nybörjare på dejtingappen. scenario men med de strikta pandemilagarna på plats, hur skulle hon annars kunna träffa någon?

Efter lite mer än två månader av meddelanden och e-postmeddelanden bad han att få träffa henne personligen. Hon gick motvilligt med på det. På ett sätt, om de aldrig träffades, kunde hon föreställa sig att han var allt han gav sig ut för att vara. Ännu viktigare var att hon inte ville verka för ivrig eller desperat.

Han hade gjort sig så mycket besvär och ordnat allt, inklusive platsen han planerade att ta henne till. Först kunde hon inte tro att hon hade tur. Medan hon väntade på att han skulle bekräfta detaljerna gick hennes känslor från upphetsad till skeptisk. Kunde han verkligen reservera en så exklusiv plats bara för dem två? När han skickade detaljerna i sms:et gav hon ifrån sig ett hojtande och svarade sedan med en emoji med en smiley. Hennes första i förhållandet.

Efter det gick hon direkt till sin garderob och öppnade spegeldörrarna. Hon gick igenom klädhängarna tills hon hittade sin dyraste klänning - den som hon kallade sin posh frock. Hon kallade den så till minne av sin avlidna mor. Det var en kopia av ett designnummer som hon hade köpt på nätet och hennes mest stolta klädesplagg. Hon höll upp den mot sig själv, tittade i spegeln och försökte bestämma sig för vilka smycken hon skulle framhäva den med: fuskdiamanter eller pärlor? Hon bestämde sig för det förstnämnda.

På morgonen för det stora evenemanget hade hon vaknat tidigt för att kolla sin inkorg. Hon förväntade sig till hälften ett sms eller meddelande om att han var tvungen att ställa in. En del av henne hoppades faktiskt att han skulle avboka, men hennes mailbox var tom och det hade inte kommit några sms. Hon hade gått ut i köket för att göra sig en kopp kaffe och sedan kollat igen ifall han hade hört av sig. Den här gången tittade hon även i skräpposten - den var också tom.

Under hela dagen höll hon sig sysselsatt. Först tog hon ett långt ångbad och exfolierade sig. Därefter en lätt lunch. Återigen kollade hon efter meddelanden och hittade inga, hon gick vidare och stylade håret och gjorde sedan naglarna. Innan hon sminkade sig gick hon igenom sociala medier. Hon hittade inga bevis på hans senaste aktivitet och klev i sina högsta högklackade skor - de som fick hennes ben att se längst ut. Hon avslutade looken med att applicera ett lager rött läppstift och ställde sig framför spegeln. Perfekt.

Förutom en sak: hennes matchande clutchväska. Hon lade sin telefon och sitt betalkort i den, gick sedan tillbaka för att hämta läppstiftet och nu var hon redo för vad som helst.

När hon klev ut genom ytterdörren och applicerade sin mask kom taxin. Hon hade bokat den kvällen innan för att försäkra sig om att hon inte skulle komma för sent eller för tidigt. Hon ville att tajmingen skulle vara perfekt för deras första möte i verkligheten.

***

Han tillbringade dagen med att dubbelkolla allt, som han alltid gjorde vid sådana tillfällen.

Han såg fram emot att äntligen få träffa henne personligen. Online verkade hon blygare och naivare än någon av de andra han hade chattat med. Hon verkade så blyg, så overklig att hon helt enkelt vägrade att skicka honom en nakenbild på sig själv. Naken betyder utan mask.

Innan hon gick med på att träffa honom var han tvungen att försäkra henne om att riktlinjerna skulle följas. Ja, inte bara följas, utan hon krävde inte mindre än hans personliga garanti för att de inte skulle bli avbrutna.

När ledarna runt om i världen föll bildades den internationella regeringen för att fylla luckan. Med I.G. vid rodret krävde världen strängare straff för huliganer som inte följde reglerna för social distansering. De nybildade International Pandemic Associates (I.P.A.) fick befogenhet att genomdriva lagarna om social distansering med alla nödvändiga medel.

Efter att världsledarna fallit blev det ett våldsamt ramaskri från allmänheten. Sociala medier översvämmades av felaktig information. Folket krävde rättvisa och gick ut på gatorna med sina plakat och fredstecken. När de inte kunde tystas och fängelserna var fyllda till brädden skrevs offentliga avrättningar in i lagen.

Genom allt detta hade han lyckats behålla sina pengar och han var inte rädd för att använda dem när det var till hans fördel. Han hade smort några handflator för att boka lokalen och anställa personalen och för att se till att de skulle få vara ostörda. Ögat på plats som observerade dem - det kunde han inte göra något åt. S.D.-kameror som fanns överallt.

Hans smoking hade hämtats och var fortfarande insvept i det plastöverdrag som den hade haft på sig under resan hem från kemtvätten. Den hade legat i karantän i garaget tills den behövdes. Man kan aldrig vara för försiktig. Standardtiden för karantän för tyger var fyrtioåtta timmar. För att vara på den säkra sidan hade den legat i garaget i en hel vecka.

När han var fullt påklädd var det sista han gjorde att applicera sin mask innan han klev in i sitt fordon. Det var lite trafik och lätt att parkera.

Han ville att allt skulle vara perfekt.

Precis som han hoppades att hon skulle vara.

***

Hon klev ut ur taxin på trottoaren och stängde avståndet mellan sig själv och lokalen.

På marken, skrivet med krita på trottoaren fanns ett meddelande riktat till henne. Det löd: Älskling, följ mig. Hon log och följde spåret av hjärtan som var inristade i stenarna. Då och då sökte hennes fingrar bekräftelse från masken som täckte hennes ansikte. Den var som ytterligare ett lager hud nu.

Hon gick in genom de öppna dörrarna och följde fler hjärtan som ledde henne längs korridoren.

Till slut kom hon fram och hoppades att hennes sanna kärlek, hennes själsfrände, väntade.

***

På andra sidan rummet möttes deras blickar. Hon i sin svarta ärmlösa klänning och han i sin svarta smoking.

"Du kom!" sa han med en stark bekräftande röst.

"Ja", svarade hon med en andfådd viskning.

Hon saktade ner sitt hjärtas slag genom att ta in rummet. Hans känsla för detaljer var oklanderlig. Bordet var dukat för två, med det finaste porslinet, kristallen och silvret. Bordet sträckte sig längs hela rummet. I mitten stod en magnifik kandelaber som utstrålade romantik.

"Varsågoda och sitt", sade han.

Hon satte sig vid sin ände och han vid sin. Innan en obehaglig tystnad hann infinna sig klappade han. Två servitörer kom in genom en dörr som hon inte hade lagt märke till. Klädda från topp till tå i helkroppsdräkter som inte skulle ha sett malplacerade ut på månen kom de fram. Med sina handskbeklädda händer fyllde de champagneflöjterna och deras skålar med en lätt konsumtion.

Han knackade på sidan av sitt glas med en bit bestick och hon gjorde likadant. Vid bröllop utfördes denna ritual en gång i tiden som en uppmaning till de nygifta att utbyta en kyss. Bara tanken på att avslöja sig offentligt fick henne att rysa. I denna nya pandemivärld indikerade klirret att initiativtagaren ville utbringa en skål.

"För dig", sa han och höjde sitt glas.

"För oss", sa hon och rodnade ursinnigt, dolt under sin mask.

Servitörerna anländer med jämna mellanrum med brickor. Efter den sista presentationen av flamberade Cherries Jubilee bugade servitörerna. Detta indikerade att de inte skulle återvända.

"Om jag bara kunde kyssa dig", sade han, mer högljutt än han skulle ha velat men tillräckligt högt för att masken skulle synas.

Dessa ord från honom tände henne. Innan hon visste vad hon gjorde hade hon rest sig upp och gett honom en kyss. Hon satte sig ner igen och föreställde sig att kyssen svävade genom luften över bordet som en fjäder.

Han fångade den och tryckte den mot sina läppar. "Det räcker inte", ropade han.

Hon kastade tillbaka stolen igen. Den skrapade genom tystnaden.

Hennes höga klackar klickade när hon gick över golvet. Hon snubblade av upphetsning när hon tog sig fram längs bordet mot honom.

När hon rörde sig mot honom vädrade luftkonditioneringen hennes söta, söta parfym i hans riktning. Fram till dess hade han bara sett hennes korallblå ögon och de små örsnibbarna under vilka maskens remmar satt. Hans hjärta slog så snabbt att han var säker på att det skulle sprängas ut ur bröstet. För att lugna sig vred han sin vigselring runt och runt på fingret och undrade om den här flickan var värd det. Var hon tillräckligt mycket för att han skulle riskera att bryta mot lagen? Skulle han dö för henne?

"Stopp!" ropade han och höjde handen våldsamt i luften som en arg skolvaktmästare.

Hon var fortfarande på flykt och bet sig i läppen under masken.

Han satte masken på plats.

När ögat i väggen blinkade bakom henne viskade han: "Har jag glömt att nämna att jag är gift?"

Hon fortsatte att rusa mot honom, medan dörrarna bakom honom öppnades.

"Glömde jag nämna att jag är med IG?" frågade hon, medan de två männen i rymddräkter slog ner honom på marken med elpistoler.

Tack!

Kära läsare,

Tack till det underbara teamet av människor som har stöttat mig och mitt skrivande under åren känslomässigt, liksom de av er (ni vet vilka ni är) som hjälpte till med tekniska saker som korrekturläsning, redigering och så vidare. Jag skulle verkligen inte ha klarat det utan varenda en av er.

Tack alla en miljon gånger om!

Med största kärlek,

Cathy

Om författaren

Cathy McGough bor och skriver i Ontario, Kanada, tillsammans
med sin man, son, två katter och en hund.

Om du vill kontakta Cathy är hennes e-postadress:

cathy@cathymcgough.com

Cathy älskar att höra från sina läsare!

Även av

FIKTION

ALLAS BARN

RIBBY'S HEMLIGHET

INTERVJUER MED LEGENDARISKA FÖRFATTARE

FRÅN ANDRA SIDAN JORDEN

PLUS SIZE-GUDINNAN

TRE VÄNNER

ICKE-FIKTION

103 INSAMLINGSIDÉER FÖR FRIVILLIGA FÖRÄLDRAR

MED SKOLOR OCH TEAM

PLUS ETT URVAL AV BARNBÖCKER

www.ingramcontent.com/pod-product-compliance
Lightning Source LLC
Chambersburg PA
CBHW032027310726

48972CB00002B/561